FERNANDO VALLEJO

EL DON DE LA VIDA

ALFAGUARA

ALFAGUARA

© 2010, Fernando Vallejo
© De esta edición:
  D. R. © Santillana Ediciones Generales, S.A. de C.V., 2010
  Av. Universidad 767, Col. del Valle
  México, 03100, D.F. Teléfono 5420 7530
  www.alfaguara.com.mx

  Primera edición: marzo de 2010

ISBN : 978-607-11-0439-7

© Diseño de cubierta:
Ana María Sánchez B.

Impreso en México

EL DON DE
LA VIDA

—¿Quién tiene la verga más grande en este bar de maricas? —pregunté al entrar todo borracho y me trajeron a un muchacho.

¿De diecisiete años? ¿De dieciocho? ¿De diecinueve? Ya no me acuerdo. De más no porque no me gustaban de más entonces, ahora es otra cosa. Pero como no estamos hablando de ahora sino de entonces... Sigamos entonces con lo de entonces. Me lo llevé a mi apartamento, a unas cuadras de allí.

¿Y dónde era allí? ¿En la Calle Veinte o en la Veintiuno? ¿Con la Carrera Cuarta o con la Quinta? Por esos lados, en el sucio centro de Bogotá mugrosa. Era un apartamento frío y desolado, con dos camas por todo mobiliario: en una dormía mi hermano Darío con su amiguito de turno; en la otra yo con mi hermano Silvio que al sentirme llegar, semidormido, se corrió hacia el borde para dejarnos a los importunos el resto de la cama y de la noche y volvió a su sueño.

Atropelladamente le fui quitando la ropa mientras él me iba quitando la mía y nos besábamos: la camisa, los zapatos, las medias, los pantalones... Cuando le quité los calzoncillos se levantaba hacia ti, Padre Eterno, inabarcable en la boca, en las manos y en el alma y a una cuarta del ombligo, el aparato sexual más grande que haya parido en sus putos días la puta tierra. O mejor dicho Colombia, que fue la que lo parió. ¡Cómo no te voy a querer, mamacita! Y a tus soldaditos de pelo rapado en cepillo que por años me levanté en tu Terraza Pasteur de tu Carrera Séptima. Ingrato sería.

Les ahorro la descripción del aparato en cuestión. Básteles saber que mi ardiente compatriota, engendrado tras una decantación genética de generaciones y generaciones por la estirpe de los burros en la vagina del trópico, era más bien afeminado y de raza mestiza como es Colombia, crisol de blancos con indios y negros y simios del que sale una abigarrada monstruoteca. Pero si esto es así en lo general, en lo particular las ciegas leyes de la herencia habían logrado en mi muchacho un prodigio. ¡Ni en el Atlas de los bereberes, al sur de Andalucía, en el jardín de Alá!

En cuanto al afeminamiento, he de decir que se sumaba al milagro, y la fiebre se me subía a la cara. Había encontrado en él al hombre de mis hombres en la mujer de mis mujeres. Hoy ese prodigio de la naturaleza estaría trabajando en España de travesti ganando millones. Pero ay, hoy no es ayer ni Colombia es España. Para Colombia, que escupe a la felicidad y me mira como a un paria, mi tesoro de esa noche era uno más entre muchos.

¿Y cuántos años tendría el paria cuando lo que cuenta? ¿Veintitrés? ¿Veinticuatro? ¿Veinticinco? Veintitrés porque ya había regresado de Roma de estudiar cine y aún no se iba a Nueva York a lavar inodoros. No tenía con qué comer ni con qué pagar el apartamento, y poco después habría de terminar en la calle durmiendo con los mendigos y los perros. Imposible conservar al muchacho. Y así, no bien amaneció, el hijo de Príapo, señor de las burras, se vistió, salió y se fue, con su puta verga de la puta vida del pobre paria. *Ite missa est.* Para ser marica, compadre, hay que ser rico; al pobre estas exquisiteces no le obligan.

¿Y por dónde andará hoy el muchacho, o mejor dicho el viejo? ¿Ya mi señora Muerte lo habrá acogido en su seno y mis hermanos los gusanos se habrán dado el gran festín con su aparato? Si sí, para anotarlo en mi libreta de los muertos, que va en seiscientos cincuenta y siete contando abuelos, abuelas, tíos, tías, primos, primas, hermanos, hermanas, padres, madres... Más amigos, enemigos y conocidos vistos al menos una vez, pero eso sí, en persona (no en televisión), a una distancia máxima de cuadra y media que es hasta donde me dan los ojos. ¿Y cómo anotamos al muchacho, si ni el nombre le pregunté? ¡Como sea! Por ejemplo, con una perífrasis que diga: «El muchacho ese de la cosa esa de la noche esa del bar ese de la ciudad esa». Y ya sé quién es. Y ustedes.

Darío y Silvio no necesitan presentación, ya los presenté en otros libros. En cuanto a Colombia, ¿quién no nos conoce en este vicioso planeta? Cuando hice un viaje por el sur de Europa con mi hermano Carlos (el quinto de veinte, el alcalde) nos preguntaban que de dónde éramos, por ejemplo en Skopje.

—De Medellín —contestábamos.

—¡Ah, la del cartel!

Se pasaban el índice y el pulgar por la nariz trazando en el aire una rayita y se reían. Éramos tan famosos en Skopje por la línea blanca como las pereiranas en Salónica por putas.

¿Sí se acuerda, compadre, que el otro día le conté que de joven había estudiado cine en Roma? Pues en ese viaje que le digo volví a Roma después de veinte años de ausencia. Veinte, que se me hicieron una eternidad. Ahora bien, han pasado veintisiete desde el viaje y fíjese, es como si éste hubiera sido ayer. Se me fueron como un fósforo prendido. Moraleja: con la vejez el tiempo se echa a correr y los años se nos vuelven meses y los meses días. El niño es una piedra estulta, el viejo una pavesa que se lleva el viento. He ahí, resumido, el libro que voy a escribir para dedicárselo a usted: un tratadito sobre la vejez y sus miserias en que Cronos se enloquece y se tira al río. ¡Cuánta agua no ha arrastrado el río bajo el puente y cuánto tengo que contar! Lo que me falta es ganas... Todo se acaba, compadre. Hasta las ganas. Mire, mire ese muchachito que va cruzando el parque. ¡Qué belleza!

—¿Dónde, por Dios, que no lo veo?

—Por la estatua.

—¡Ah, pero si no es un muchachito, es un niño!

—¿Llama usted niño a uno de doce años? ¡Eso lo que es es una fiera sexual! No se me vaya a poner ahora más papista que el papa... ¿Pero dónde iba, que me perdí?

—Perdido siempre ha estado. Iba en Roma.

Ah, sí, en Roma, donde pasé año y medio estudiando cine de muchacho pero me tuve que volver a Medellín porque me mataba la nostalgia. ¿Y sabe a qué volví? ¡A extrañar a Roma! No había noche que no soñara con ella. *Con le sue marchette...* ¿Que sabe qué son? Los muchachos prostitutos que se vendían en las noches del Coliseo por monedita: *soldi spiccioli*. ¡Qué mugrosos, pero qué bellezas! Usted habría sido feliz con ellos pagándoles centavitos. Pues bien, me veía envuelto en las tinieblas de ese augusto matadero de cristianos, o extraviado en un dédalo de callejuelas vetustas, orinadas por el Tiempo, tratando de orientarme, de encontrarme, de salir a la plaza Navona donde vivía mi paisano Roberto Triana, el cineasta, que ya murió y que ya puse (con placer pero ¡ay! con dolor) en la libreta. Poco a poco los sueños se fueron espaciando hasta que un día, sin darme cuenta, la ciudad de los césares y de los papas, la más puta y corrupta y cínica que haya parido en su demencia la Historia, se me borró hasta del inconsciente. ¡Qué inconstancia la mía! Todo lo dejo. Dejo el puente, dejo el río, dejo el caserío. Y ahora voy de curva en curva por esta carreterita inundada que lleva (si no nos manda antes el Padre Eterno un derrumbe que nos tape en medio de estos malditos aguaceros) a nuestra finca de La Cascada donde mi padre, engendrador irredento de hijos y de ilusiones, contaba de día vacas y de noche estrellas.

—¿Qué estrellita estás mirando ahora, papi? ¿La tuya o la mía?

Esa que miras no tiene dueño. Acaba de aparecer porque acaba de explotar y es Sanduleak, una supernova de la Gran Nube de Magallanes en las afueras de la Nebulosa de la Tarántula, y cuya luz está empezando a llegar en estos momentos a la Tierra, fresquecita, hoy 23 de febrero de 1987, once de la noche hora de Colombia, después de ciento sesenta y ocho mil años de viaje, que frente a las tres horas y media que nos tardamos en venir de Medellín a La Cascada son muchos, pero frente a los quince mil millones de años que dicen que tiene esto los payasos del *Big Bang,* muy poquito: la chispa de un fósforo marca El Rey, orgullo de la industria colombiana.

Pero volviendo a Príapo y a su eyaculación (no se nos vaya a quedar esto en veremos, en un *coitus interruptus* que tan dañinos son para el cerebro), el chorro que lanzó hasta el techo el angelito de allí se fue escurriendo, escurriendo, sobre mi hermano Silvio que dormía, embadurnándole la cabeza: amaneció el pobre con el pelo engominado como un Gardel. ¡Qué bonito se veía! ¡Y pensar que fue otro de mis amantes efímeros! Algún día le contaré, compadre, cuando tenga tiempo y ganas, y el tiro que se pegó a los veinticinco años en la cabeza y con el que se despachó de este infierno a la nada de Dios. Pero no vaya a pensar que tuve culpa en ello. No. El tiro se lo pegó él en Medellín y yo desde hacía años vivía en México. Los culpables fueron mi señor padre que lo engendró, mi señora madre que lo parió y la puta vida que lo trastornó.

La brisa sopla apacible sobre el corredor delantero de Santa Anita, la finca de mis abuelos, tumbándoles las hojas secas a las azáleas. Un colibrí revolotea mientras mi abuela me lee a Heidegger, y yo me pierdo en su vuelo. He ahí, en ese vuelo, la esencia del Tiempo, que es el que está acabando conmigo. ¿O yo con él? Está por verse. ¡Qué prestigio el que tenía entonces Heidegger! ¿Y hoy quién se acuerda de él? Quedó valiendo menos que un burócrata sin puesto. No se vaya a dejar sacar, compadre, del empleíto que tiene en la alcaldía, ¿eh?, que se jode. Aguante hasta que lo jubilen, que ya poco más le falta, y después... Después se entrega a hacer su real gana, lo que le cante el culo, como yo. A ver pasar, por ejemplo, a todas horas desde estas bancas de desocupados del parque de Bolívar, muchachos baldíos, sin dueño. O a levantar el inventario de sus muertos, que hartos han de ser, aunque claro, menos que los míos habida cuenta de que usted es un poco más joven que yo, o mejor dicho, menos viejo. ¡Mire, mire los loros, qué hermosos! Volvieron a Medellín no se sabe cuándo ni por qué. ¡Vea cómo se agarran a picotazos con las palomas! Se creen los dueños de la catedral. Como los canónigos. Y no. Los dueños son las palomas, presididas por el Espíritu Santo, la paloma mayor, que es la que las comanda a todas. ¿Usted sí cree en el misterio de la Santísima Trinidad? Yo digo que es un *ménage à trois* de unos que se quieren. E incestuoso, pues el Hijo es el hijo del Padre, y el Padre es el padre del Hijo.

—¿Y la paloma?

—Es hija de ambos, la produjeron los dos.

—¡Qué misterio va a ser entonces esa güevonada! Lo que es es un amor muy intenso.

Hoy me siento muy cansado, como mareado. El mundo me da vueltas. ¡Pero claro, porque gira, se mueve! *E pur si muove,* como dijo Galileo. El engaño está en creer que está quieto. Nada está quieto, todo se mueve y lo que se mueve cambia y lo que cambia pasa y lo que pasa se olvida. ¿No cree que debo empastar mi libreta de los muertos? ¿O la dejo como está, sin tapa? El problema de una libreta así es su inconclusividad, el hecho de andar siempre en veremos, esperando a ver quién cae. Hasta el día en que el que cae es el que la lleva, el inventariador. No me vaya a dejar, compadre, por favor, ese día la libretica inconclusa.

15

Cuando mi señora Muerte venga por mí con su cauda de gusanos, me la cierra con mi nombre. Con este que no busqué sino que me pusieron, me impusieron, una mañana lejana como Sanduleak, en la pila bautismal de la iglesia del Sufragio del barrio de Boston donde nací y donde pasó mi infancia. ¡Cuánta agua no ha arrastrado el río desde entonces! El Medellín, que en mi niñez era un río cristalino de alma limpia y que hoy es un turbio desaguadero de cloacas. ¡Y pensar que de niños íbamos a pescar sabaletas en sus charcos! ¡Carajo! Me estoy volviendo un viejo anecdotero, que es en lo que acaban todos. Como si yo fuera la memoria de esta ciudad desmemoriada. ¡Y qué! Aquí estoy para recordarles a mis conciudadanos lo que quisimos ser y no pudimos, lo mucho que soñamos y lo poco que alcanzamos. Nos quedamos en puntos suspensivos, en ilusiones, en proyecto... Pues bien, cuando al azar de estas frases se junten las palabras injuntables y explote el cosmos, a esos puntos suspensivos les habré puesto punto final. Le dedico este libro, compadre.

Y ahora, con su permiso, voy a rezar las fincas que había a lado y lado de la carretera de Medellín a Envigado y que de tanto pasar frente a ellas me aprendí de memoria: La Luz, Vizcaya, Villa Lucía, San Juan, Castilla, Patio Bonito, Linares... Vaya diciendo *Requiescat in pace*.

—*Requiescat in pace, Requiescat in pace, Requiescat in pace...*

—Así no: con cada nombre. Lucerna: *Requiescat in pace*. San Fernando...

—*Requiescat in pace*.

—Santa Cruz...

16

—*Requiescat in pace.*

—Niza...

—*Requiescat in pace.*

—Oviedo, La Francia, La Esmeralda... Y la más bonita, El Carmelo, de don Alejandro Ángel Londoño y misiá María Escobar Jaramillo, a quienes no he puesto en la libreta no porque no se hayan muerto (que bien muertos estarán ya que nadie vive ciento cincuenta años), sino porque no llegué a conocerlos.

—¡Y qué importa! Póngalos que usted ya es dueño de todos. ¡Hasta de los muertos ajenos!

—No. Yo a la Muerte no le trampeo.

Después de Envigado seguía Sabaneta, pero no había que llegar hasta allí porque a mitad de camino entre esos dos pueblos quedaba Santa Anita, la finca de don Leonidas Rendón y misiá Raquelita Pizano, mis abuelos, a quienes he tenido que poner, con dolor, en la libreta. Créame que sus muertes son las que más me han dolido, junto con la de mi perra Bruja.

—Leonidas Rendón...

—*Requiescat in pace.*

—Raquel Pizano...

—*Requiescat in pace.*

—Finca de Santa Anita...

—*Requiescat in pace.*

—Bruja de mi corazón...

—*Requiescat in pace.*

Treinta serían las fincas de la carretera a Envigado y Sabaneta. Ni una quedó. Todas las tumbaron. Se las llevó a todas el Ensanche, que en su afán de ampliar calles y carreteras tumba lo que se le atraviese con sus máquinas demoledoras: casas, fincas, hoteles, almacenes. Iglesias no, porque como estamos en un país cristiano... De buenos cristianos. O sea malos: oportunistas, egoístas, rencorosos, envidiosos, rezanderos, rapaces... Lambeculos de papa y comedores de animales. Amén de otras características que enumeré en *El río del tiempo* y que pasan de mil. Ladrones, hampones, matones...

—De ésos hay en todas partes.

—Pues sí, compadre, pero no en el grado sumo a que llegamos aquí. El súmmum del súmmum del súmmum. En cada uno de los rubros enumerados tenemos un récord Guinness.

—El hombre es malo por naturaleza. ¡Qué le vamos a hacer!

—Sí, pero no tanto como aquí.

—¿Que no? ¿Y los alemanes? Mataron a seis millones de judíos y nadie dijo ni pío.

—Lo que pasa es que hay mucha gente, compadre, esto está atestado, ya no cabemos.

—Y nada que sirve el sida.

¡Qué va a servir! Para semejante problemón el sida ha sido como unos paños de agua tibia para un cáncer de páncreas. Mis esperanzas las tengo puestas en el virus Ébola: San Francisco de Ébola, que mata en veinticuatro horas y que cuando se les escape de las aldeas de África en que lo han tenido confinado y cunda por el planeta va a acabar hasta con el nido de la perra. San Francisco de Ébola, *ora pro nobis*.

—Conteste *ora pro nobis*, compadre, cuando yo diga San Francisco de Ébola. San Francisco de Ébola...

—*Ora pro nobis*.

—Muy bien. Ya está aprendiendo a rezar. Para mí que usted se va a salvar y se va a ir derecho al cielo. Siempre es mucho mejor el cielo que el infierno, ¿o no?

—¡Claro! En el infierno hay mucho cura, mucho papa, gente empalagosa y mala. El cielo en cambio está lleno de angelitos preciosos.

De Santa Anita no quedó un carajo, ni el montecito donde se alzaba. Lo cortaron de tajo con barrenas y excavadoras, y en ese sitio de ensueño en que se asentaba el paraíso construyeron un barrio de mierda para unos pobres de mierda. ¿Por qué será, compadre, que detesto tanto a los pobres? ¿Por paridores? Arriba del barrio se levanta, silenciosa, una montaña que algún día va a dar de qué hablar y va a salir en los periódicos. Cuando mi abuelo compró a Santa Anita ¿sabe qué le pronosticó mi papá? «Cuando menos se lo esperen se les va a venir encima esa montaña». Cincuenta años han pasado desde el pronóstico y ahí sigue la montaña. Mi papá resultó más impreciso que Nostradamus. Papi, doctorcito, desde aquí te digo que no veo la hora de poderte decir: «Tenías razón, se les vino encima la montaña».

Por primera vez, y por culpa de esta interminable llovedera, un derrumbe acaba de tapar una urbanización de ricos: La Cola del Zorro, en el barrio de El Poblado, que es yendo para Envigado, que es yendo para Santa Anita, que es yendo para Sabaneta. Antes los derrumbes sólo tapaban barrios de pobres; hoy ya no discriminan. Y qué bueno porque los ricos allá también paren. Y entre que paren los pobres y que paren los ricos ya no cabemos y los jodidos van a ser no sólo los pobres y los ricos sino todos, hasta usted y yo que no nos reproducimos, y su mamá y la mía que ya murió y que no teníamos ni campo en el cementerio para enterrarla porque si afuera no caben los vivos, en los camposantos pululan los muertos. Es que el espacio no es elástico como sostenía el marihuano de Einstein. Mire esta Avenida Oriental: atestada. Cuente buses, cuente taxis, cuente motos. ¡Y el lumpen! Que no es contable, como no es contable un hormiguero... ¿Sabe qué me contestó el otro día uno de esos muchachos que usted se levanta en el parque cuando le aconsejé que no tuviera hijos porque no tenía con qué mantenerlos? Me contestó:

—Me consigo un marido rico.

—Será un marido a secas —repuse yo—, ¿pero rico? Aquí ricos no quedan. A los que no secuestraron y mataron los pobres los acaba de tapar el derrumbe de La Cola del Zorro.

¡Muchacho iluso! Además, con lo cara que está la vida y con lo baratos que están en Medellín los muchachos (¡como los producen al por mayor!), un muchacho vivo y coleando aquí vale menos que un kilo de carne.

¿Pero saben qué sí quedó de Santa Anita? Unas piedras. Unas cuantas piedras del muro delantero que contenía la montaña, no se les fuera a venir encima a los viandantes de la carretera, como se les vino a los ricos el derrumbe de La Cola del Zorro. Ahí están todavía esas piedras que nadie ve, testimonio doloroso de mi felicidad perdida. ¿Me creerán que cuando volví a Santa Anita a ver qué quedaba de la finca de mis abuelos y mi niñez y sólo descubrí esas piedras se me salieron las lágrimas?

—¿Usted llorando? No me lo imagino.

—¡Que si qué!

Una placa de mármol rezaba en la portada: «Santa Anita, 1935». La veo cuando quiero, hasta con los ojos abiertos: era una placa de mármol blanco, y por más señas, rajada de una pedrada. En la portada empezaba el caminito de entrada bordeado de carboneros, que son unos árboles. ¿Y saben de cuándo es la finca La Luz? De 1910. ¿Y Vizcaya? De 1900. ¿Y Linares? De 1895. ¿Y Patio Bonito? De 1890, la más vieja. ¿Se pueden imaginar lo lejos que está 1890 de ahora? Una eternidad sin retorno. Patio Bonito era de don Abraham Escobar y de misiá María Jesusa Arango. ¿Y Santa Anita? ¿De quién era, compadre, Santa Anita? ¿Cómo se llamaban sus dueños?

—Se me olvidó.

—¡Carajo! Entonces no le cuento más. Se llamaban don Leonidas Rendón y misiá Raquel Pizano, mis abuelos.

Y si quiere quitarles el don y el misiá, se los quita que ya están bien muertos y a los muertos los títulos y las dignidades les sirven para un carajo: para lo que sirven las tetas de los hombres. Ni les sirven, tampoco, los homenajes. A mí que no me vayan a promover homenajes cuando me muera que no los quiero. Ni crucifijos, ni discursos, ni flores, ni entierro, ni ninguna de esas faramallas. Me creman y listo. Ahora que si el que se muere primero es usted, compadre, le prometo que no le voy a organizar ningún homenaje porque ¿por qué? Al final de cuentas, ¿quién es usted? Un empleadillo de la alcaldía que trabaja en una oficinilla del último piso del Palacio Nacional. ¿O digo mal?

Corríjame si yerro. Desde ese último piso del Palacio Nacional es desde donde se tiraban en Medellín los suicidas. Como esa pobre sirvienta despechada que se tiró porque la dejó un soldado. ¡Y quién no, por Dios, cómo la entiendo! ¡Ah placeres los que le habría dado el hijueputa!

Y si les menciono como mis abuelos sólo a dos y no a los cuatro que debí haber tenido es porque sólo tuve dos: los maternos. A los paternos no los conocí pues habían muerto cuando nací. Por eso no los tengo en la libreta. Muertos están, sí, mas como nunca los vi... No llenan los requisitos esenciales. ¿Cómo se llama usted, a propósito, compadre, para ponerlo en la libreta en el caso de que se muera antes que yo? Que no creo, Dios libre y guarde.

Con sus impuestos y valorizaciones el gobierno me tumbó pues las fincas de la carretera a Santa Anita, el camino a la felicidad. El máximo atracador en Colombia es el gobierno. Y no les arreo la madre a esos venales por pulcritud de lenguaje, pero hideputas es lo menos que les habría dicho don Quijote.

—Dígaselos entonces en argentino: la puta que los parió.

—No se dice «dígaselos», compadre, porque lo que usted les va a decir a ellos es una sola cosa: el plural está en el dativo «se», no en el acusativo «lo». El gobierno les hizo invivible la vida a los ricos cargándolos de «valorizaciones». Si asfaltaban una carretera a diez kilómetros de Santa Anita, doña Raquel, la viuda, pagaba tanto de valorización. Si ampliaban la tal carretera, tanto más. ¿Y por qué, si la tal carretera no era ni siquiera la que pasaba frente a Santa Anita?

¿Y por qué, si mi abuela no tenía carro ni manejaba? ¡Cómo iba a manejar una señora de tan altísima calidad y decencia! Y vieja. ¡En mis tiempos en Colombia no manejaban ni las putas! De valorización en valorización mi abuela tuvo que vender a Santa Anita para irse a vivir a una casita estrecha, con un zaguancito estrecho y un patiecito estrecho, en nuestro barrio de Laureles. Allí iba a visitarla cuando regresaba por unos días de México.

—No te volvás, m'hijo, pa' México, quedate aquí conmigo que estoy muy sola.

—El año entrante vuelvo a quedarme aquí contigo definitivamente, abuela. Para siempre, hasta que nos muramos.

Volvía, sí, pero sólo por unos días al año. Y de vuelta en vuelta se nos fueron pasando los años hasta que un día me llegó una carta de mi casa a México dándome la noticia de que la abuela había muerto. Después se me murió la Bruja... Después mi hermano Darío... ¡Chupasangres los del gobierno! Al final le cobraban impuestos hasta por los árboles que tenía. Y los iban contando: dos mangos, dos mandarinos, diez naranjos y uno especial, el de las naranjas ombligonas, que pagan el doble porque como son tan grandes... ¡*Figli di puttana*, hideputas, *fils de pute*, *salauds*, la puta que los parió! Mañana salgo con una escopeta de dos cañones y le vuelo la puta testa al alcalde.

Y tenía también Santa Anita un platanar y un cafetal y vista por delante y por detrás. Por el corredor delantero veíamos a Itagüí y el amplio valle, y por el de atrás la montaña, que en últimas no se nos vino encima. Queriendo o no tuvieron que vender los ricos sus fincas. ¿Pero rico el que siembra, como mi abuela, con sus manos el café, y lo limpia grano a grano separando los buenos de los malos? Ay Raquel Pizano, abuela, la eternidad nos separa. ¡A ver qué día la Muerte nos vuelve a juntar!

¿Y para qué tumbaban las fincas si no le hacían daño a nadie? Para construir en sus terrenos edificios (portacomidas, fiambreras, portaviandas) donde hacinar a la chusma desfondada que seguía pariendo. No hay mal que padezca Colombia que no se remonte a la Iglesia o al gobierno. A la Iglesia de los zánganos y al gobierno de los que dijimos. No vote nunca, compadre, ni vaya a misa, no se manche las manos ni se deje engañar que por lo que a mí respecta, me limpio el culo con la Biblia y la Constitución de Colombia. ¿Que sabe con cuántas erratas promulgaron?

—¿Con unas quince?

—¡Con ciento ochenta!

—¡Ah bellacos! Cuando saque la escopeta de dos cañones me llama, nos vamos al congreso y hacemos una carnicería.

—¿Me permite, compadre, leerle el comienzo de la libreta?

—Hágale.

—Acevedo Esperanza, Acosta Adela, Acosta Antonio, Aguilar Hernando, Alape Arturo, Alatriste Gustavo, Alazraki Benito, Alberti Rafael...

—¡Cómo! ¿Usted conoció a Alberti?

—Ajá.

—¿Al poeta?

—Ajá. En Roma. En la piazza Campo dei Fiori donde vivía el hombre, y donde quemaron a Giordano Bruno. Ahí viví también yo, en un hotelito de pobre, el Albergo del Sole, que me vio ser feliz con un sicilianito hermoso y su hermanito mayor.

—¿Con dos sicilianos a la vez?

—Ajá, como misa de tres padres. Que es lo mejor porque así sale uno de dos en uno.

—Lo felicito por los sicilianitos, por Alberti y por la libreta, que arranca hermoso.

—¿Sí le gustó?

—¡Me encantó!

—Aspiro llegar a los setecientos antes de que la mano de doña Muerte se me pose encima.

—Ya verá que sí.

—Dios lo oiga. Seiscientos cincuenta y siete muertos que se dicen rápido, ¡pero cuánto me costaron algunos! A veces me acordaba del nombre pero no del apellido. Y a veces del apellido pero no del nombre. Variedad muy común de la afasia ¿que se llama cómo?

—El mal de Alzheimer.

—No sea bruto, compadre, que ése es el olvido total: el que padece, por ejemplo, la Iglesia católica respecto a sus incontables crímenes cometidos a lo largo de veinte siglos, y que se le borraron de un plumazo de la memoria pese a que los escribió con sangre.

—A mí a la Iglesia no me la toque que me encanta su forma de enterrar.

—Ah eso sí, para enterrar muy buena. Y para cobrar hasta por los entierros. Es más rapaz que un banco.

El no poder juntar los nombres con los apellidos se llama disnomia. ¡Lo que me costó Pacho Tabares, tres años! Primero no me podía acordar de Pacho. Y después de Tabares. A Pacho llegué pegándome de otro muerto, Tulio Jaramillo, compañero mío y suyo en el Icodes donde trabajábamos los tres: don Tulio de editor, don Pacho de laboratorista y yo de documentalista. Don Tulio era viejo, calvo y borracho. Y don Pacho borracho, calvo y viejo. ¿Pero don Pacho qué? ¿Qué apellido? ¡Cuántas veces no me lo pregunté en mis tenebrosas noches de insomnio! Hasta que una de ésas, por fin, mientras pensaba ardientemente en un jovencito del Tabor, una finca cercana a La Cascada, me acordé: Tabares. ¡Eureka! ¡Lo recuperé! ¡Tabares! Fue como si en la oscuridad cerrada estallara un relámpago y me iluminara un paisaje. Era el 24 de noviembre del cuarto año del segundo milenio del Señor a las tres de la mañana. ¿Y saben qué? Que por dormirme en mis laureles y no ir de inmediato a mi escritorio a anotarlo, don Pacho Tabares se me olvidó otros tres años. Por eso muerto que hoy recupere del olvido por una súbita iluminación de la memoria corro a la libreta a anotarlo así tenga que salir a toda verraca del baño con los pantalones abajo. ¡Cuánto me hacen sufrir los muertos! Los odio casi tanto como a los pobres.

—¿Y a la Iglesia?

—Mire: si en mis manos estuviera retorcerle el pescuezo al papa, tenga por seguro que lo haría, lo haría, lo haría hasta que el asqueroso se pusiera morado, morado, morado...

—Como cardenal.

—No sea bruto, compadre, que el color de los cardenales es el púrpura. Por eso los llaman purpurados.

—Y el *bucato di cardinale,* ¿qué viene siendo?

—Ah, ése es un niño tierno de doce años que se sambute un cardenal con limón y sal saboreándoselo.

—¡Qué delicia! ¡Qué ambrosía!

—Sí. ¡Qué delicia! ¡Qué ambrosía! Niño tierno en limón de Salerno de cáscara gruesa y con sal de grano de la que le dan al ganado. ¿Qué más le puede pedir el cristiano a la vida? *La vita è bella,* compadre, no sé de qué me quejo.

Será de tanto muerto, que sumidos en las sombras no pueden ser testigos de mis éxitos. De Wilberto Cantón, por ejemplo, que se me murió sin alcanzar a ver terminada mi primera película, *Crónica roja.* ¿Cómo te pudiste morir sin verla, egoísta, mal amigo? ¿Qué te costaba posponer unos días tu operación del tumor en el cerebro? Ah no, corrió a hacerse operar y lo mataron los médicos. Te mataron, Wilberto, los médicos. Y muy en especial tu cardiólogo, el doctor Césarman, que por irse de parranda a Europa no fue a tu operación. ¿Te acuerdas de lo que te aconsejaba cuando ibas a consulta? Que te tomaras tus whiskicitos, que tenías un corazón de veinte años. Con semejantes consejos Césarman llegó a ser el cardiólogo estrella de México. ¿Y saben de qué murió? ¡Del corazón! Cardiólogo que muere del corazón es prueba fehaciente de la existencia de Dios.

—Claro que Dios existe, y la Muerte es su servidora.

—¿Por qué lo dice?

—Ah, yo sé. La Muerte, la Vejez y el Tiempo son los máximos instrumentos de Dios, sus mayordomos.

—¿Y el Cambio, dónde lo deja?

—Póngalo también. Pero hablando en plata blanca a mí se me hace que el Cambio es lo mismo que el Tiempo, y el Tiempo lo mismo que la Vejez, y la Vejez lo mismo que la Muerte. Cuatro que son tres, tres que son dos, dos que son uno.

Tiene razón mi compadre, no hay que multiplicar innecesariamente los términos. A veces, oyéndolo decir verdades en este parque de desocupados y mendigos de esta ciudad zafia y mostrenca pienso que en realidad él no es un empleado público sino un filósofo. Un cínico, un presocrático. Y ahora miren la inscripción de este lado del pedestal de la estatua: «Libertador, crecerá vuestra gloria como crecen las sombras cuando el sol declina», Choquehuanca. Cura güevón, Choquehuanca, peruano tenías que ser, lambeculos. ¿No te das cuenta de que estás diciendo que lo que trajo Bolívar fueron sombras, no la luz? Aunque pensándolo mejor, este curita indígena tenía razón. Sombras fue lo que trajo el hideputa a América: oscuridad para sumársela a la mucha que ya había. De estar en mí, todas las estatuas de este granuja venezolano que hay en este zancudero las fundiría para hacer campanas para llamar a la revuelta. ¡A levantarse, pueblo! ¡Y a matar curas, ganaderos, carniceros, matarifes, políticos y médicos! Putas no. Ni maricas. Ni toxicómanos de heroína, de morfina, de opio... ¡Bienaventurados éstos! Y los que se revuelcan en su lodo y son felices.

—Lo van a matar por andar alborotando el avispero. Siga con sus proclamas y va a ver.

—¡Sigo y qué! Yo a la Muerte le doy palmaditas en el trasero y al pueblo por el culo.

—Acuérdese de lo que contó usted mismo del poeta López Velarde cuando le dijeron que no saliera con aguacero porque se podía morir: «Salgo —contestó el muy alzado— porque se me antoja, que a mí la Muerte me hace los mandados». Salió con el aguacero y la Muerte ofendida le hizo el mandado: lo mató de pulmonía.

—¿Y dónde conté yo eso?

—En *Entre fantasmas*.

—Ah, si fue ahí olvídese, que ésos son puros cuentos.

El gobierno con sus atropellos tumbó a Santa Anita y todas las fincas de la carretera, y de paso me tumbó el sueño del paraíso. De niño me hacía ilusiones de comprar cualquiera de esas fincas cuando creciera, para envejecer en ella y morir feliz. Me quedé sin dónde morir, sin asidero para mis sueños. ¿Y por qué no le dejó su abuela de herencia a Santa Anita? me preguntarán. Porque en Colombia no les dejan nunca nada de herencia a los nietos los malditos abuelos. La herencia es toda para los hijos y mi abuela tenía quince (que le dieron en promedio de a quince nietos por cabeza). Santa Anita repartida entre quince, ¿qué le toca del paraíso a cada uno? Una baldosa. ¿Saben qué sí me dejaron de herencia mis abuelos? Lo mismo que me dejaron mis padres: una honradez acrisolada. O sea humo, viento, mierda. ¿Para qué me sirve la honradez en este mundo de corruptos? Para que me ahoguen. Dañino mi abuelo, dañina mi abuela, dañino mi padre, dañina mi madre. ¿Por qué, si eran pobres, se tenían que reproducir como conejos? Qué alegría me da ponerlos en la libreta. Raquel Pizano va en el puesto 445, Leonidas Rendón en el 487, Lía Rendón en el 488 y Aníbal Vallejo en el 496. ¿En qué círculo del infierno se estarán quemando ahora estos propagadores vesánicos de la especie? Mi tío Argemiro, que era un débil de la calamorra (lo cual no le impidió engendrar en una sola mujer veintitrés hijos que le iban saliendo de a dos o tres por la vagina), cambió a Santa Anita por un carro, el carro por una moto, la moto por una bicicleta y la bicicleta por unos patines que tiró al río no se fuera a romper el culo por andar montado en semejante peligro como un «culicagado», que en Colombia quiere decir «niño».

Gran problema me causa cada muerto pues me desplaza a los que ya tengo cambiándome la numeración de la libreta, que tengo que volver a imprimir y volver a empastar para mantenerla al día, condición sine qua non de mi salud mental. Así, aunque me da gusto tener un muerto más, preferiría no tenerlo. Para mí el ideal es la piedra quieta. Aunque, ay, la desgasta el Viento. Maldito sea el Viento, que se mueve, y al moverse se convierte en Tiempo, y el Tiempo en Muerte. Bien lo dijo mi compadre, a quien no veo desde hace días: los que parecen varios en realidad son uno. Moraleja y no la olviden: no hay que multiplicar innecesariamente los términos.

¿Qué haría yo sin el computador que me ordena los muertos en orden alfabético y me los numera? Antes de este adminículo prodigioso cada vez que me acordaba de un muerto tenía que revisar la lista entera a ver si ya lo había anotado para no ir a repetirlo. Ahora lo encuentro fácil. ¿Antonio Navalón? Busco en la ene y ahí lo tengo. Hoy Antonio Navalón, el facilitador del rey, ocupa el puesto 394, mañana quién sabe. Si le meto un muerto antes de la ene, sube al 395. La que sigue invicta en el último lugar, aunque subiendo, es Zur Nieden de Echavarría Misas Benedicta, pues desbancar a una cuyo apellido empieza por zeta y u lo veo difícil.

—¿Y por qué no los pone por orden de fallecimiento en vez del orden alfabético? El que murió primero va primero, y el que murió después después.

—¡Cómo! ¿Usted estaba ahí, detrás de mí, compadre? No lo había visto.

—Es que usted ya no ve.

—Veo con los ojos del espíritu, que son los que cuentan.

—Como Borges.

—Borges era un güevón y todos lo saben. ¡Pero quién le da patadas a un ciego!

—¿En qué lugar lo tiene en la libreta?

—En el 72, después de Betancur Manuel y antes de Botero Baltazar.

—Así que usted también conoció a Borges.

—¡Claro! Con lo mucho que he vivido conocí hasta a Misiá Hijueputa.

—Póngala también en la libreta.

—No... Si ésa no es una presencia de carne y hueso de las que se comen los gusanos... Es una entidad del lenguaje. Del que se hablaba, *in illo tempore,* en Antioquia. ¡Ay, todo se acaba, todo pasa, qué tristeza!

Pero la razón más poderosa para que mis muertos vayan en orden alfabético y no en orden de fallecimiento es que de algunos no sé cuándo murieron y de otros no me acuerdo.

31

—¡Conque se murió fulanito!

—¡Claro, hace añales!

—¿Y de qué?

—¡Quién sabe!

Este «quién sabe» de este idioma pendejo me saca de quicio. Ya lo único que quiero es que se acabe de morir el español o castellano o como quieran llamar a esta mierda, para morirme en paz.

—A ver si le da un empujoncito...

—Hacemos lo que podemos.

Pero mírenle las nalgas a ese muchachito que va con el paquete, ¡qué hermosura! Creo en la Sagrada Familia, en la Santísima Trinidad y en la Divina Providencia. En cuanto a doña Benedicta Zur Nieden, que cierra con broche de oro mi libreta, era la bondadosa esposa de don Diego Echavarría Misas, hijo de don Alejandro Echavarría Isaza, el fundador de Coltejer, nuestra empresa máxima que, ay, también murió como ya dije, porque no sólo se muere la gente sino que se mueren también las textileras. A don Diego y a doña Benedicta me los encontraba en primera fila en los conciertos con su hijita Isolda, una niña de cuento de hadas que educaron como a una princesita y que murió en los Estados Unidos, adonde la habían mandado a estudiar, del síndrome de Guillain-Barré, una enfermedad rara que también les da a los ricos. Poco después murió don Diego, secuestrado y asesinado por Antioquia. Y finalmente doña Benedicta, sola y triste en Alemania, de donde era y adonde volvió a esperar a Nuestra Señora Muerte. Jamás crucé una palabra con ellos. ¡Qué iba a hablarles yo, un pobre diablo de quince años, a los más ricos de Antioquia! Pero no vayan a creer que los odiaba, como odian los pobres a los ricos. No. Los quería.

¡De cuántos de los que figuran en mi libreta he sido espectador de sus vidas, pero no ellos de la mía! Riquísimos pues estos Echavarrías en tierra de pobres, y más bien buenos todos ellos (hasta donde cabe en esta especie mala). Don Diego se entregó primero a ser feliz, a vivir en un castillo con los máximos refinamientos y a dormir en mullido lecho. Ya saciado de felicidad pasó a hacer la caridad, que es como procede. Porque lo primero es lo primero y después lo que viene luego. ¿Pero qué es la felicidad? La felicidad es un instinto reciente del *Homo sapiens* que le apareció a este bípedo alzado y subido de tono y bajado del árbol no bien se pudo sentar tranquilo en sus nalgas a rascarse las pelotas sin temor a que se lo comiera el tigre. Fuera del pitecántropo ningún animal nunca, en lo que lleva de vida el planeta, se ha preocupado por ser feliz. ¿Cuándo ha visto usted, por ejemplo, a una rata empeñada en semejantes superficialidades? ¡Pobres las ratas! ¡Y maldita la Iglesia católica que ha sido mala, criminal y puta desde que la parieron!

—No lo vaya a decir en público que lo matan.

—¡Jua! Permítame que me ría. No se puede matar dos veces a un muerto.

—No, si usted no está muerto todavía... Le queda un poquito de vida.

—¿Como cuánto?

—Ja, ja. ¡Quién sabe!

—¡Y dele con esa güevonada!

¡Lo que me quede! Lo tiro por el rodadero cubierto de maleza e higuerillos que baja desde la calle de

Caracas del barrio de Boston a la quebrada del barrio La Toma. Y esa quebrada, arroyo turbulento, arrastra en sus turbias aguas, hoy como en mi niñez, papel higiénico, periódicos El Colombiano, mierda y fetos. Un día volví a bajar desde la calle de Caracas, de tumbo en tumbo, hasta su sucio lecho y el corazón me dio un vuelco de alegría, de una felicidad que casi me mata. ¿Saben qué bajaba por ella, sobreaguándose y rebotándole reflejos en su superficie el sol? Una estampita. ¿Y de quién? De monseñor Escrivá de Balaguer, la mierda de la mierda humana. ¡Claro que Dios existe! ¡Que si qué!

—Compadre, ¿cree que debo poner a Coltejer en mi libreta? Hay en ella varios perros, lo que se entiende pues son personas. ¿Pero una fábrica de telas?

—Póngala, que así hace bulto. Y ponga también a los vivos que le quedan. Total, todos se van a morir.

—Ah no, vivos no pongo. Es una libreta de muertos.

—El que está vivo ya está medio muerto. ¡O qué! ¿Van a durar per sécula seculórum estos cabrones?

—¿Sabe cuántos me quedan vivos?

—¿Veinte?

—Cincuenta.

—Póngalos y así pasa de setecientos. Casi cinco gruesas.

—¡Qué más quisiera el ciego que ver pero no puede! No voy a violar mis propias reglas.

—¡Ay, tan estricto el jovencito!

—Lo que me preocupa es quién me va a poner a mí cuando me muera. ¡Porque para conocido mío yo!

—Cuente con su servidor. ¿Cómo lo anoto?

—No se haga, que ya sabe el nombre.

—¡Ah! ¿No me lo dice? Lo voy a poner entonces en la i: el Inventariador.

—*Va bene. Mi piace l'Inventariatore. Quel bel suono!*

Y aquí me tienen en estas bancas de viejos desocupados de este parque de mendigos y prostitutos hablando con el viento o con quien sea y al borde del negro abismo. «Deme, deme, deme que tengo hambre» me pide el uno, me pide el otro, me pide el otro. ¡Y cómo no van a tener si no comen porque no trabajan! ¡Como los ricos se hartaron de mantener a tanto pobre! Que los pobres monten ahora sus empresitas para que no los exploten... Por lo pronto quedaron pésimamente educados por los ricos, con la mala costumbre de comer tres veces al día: desayuno, almuerzo y cena. Y no, no se puede, tres comidas diarias para siete mil millones no las aguanta el planeta. Una a lo sumo al mes. A parar pues la comedera, la engendradera y la paridera, turba infecta. Se creen bellos. Y que se les va a perder su excelso molde, un tesoro, si no retienen el semen pegajoso en la vagina lodosa. Un paredón de fusilamiento para el que se reproduzca es lo que les voy a montar en este parque cuando me elijan, de suerte que si por un lado del tubo entran por el otro salen: el que engendra y la que pare mueren para que viva el producto. Ésta es la nueva ley del mundo, que impongo yo. Y punto. Ay, ay, ay, me he pasado la vida fusilando a diestra y siniestra en el corazón, limpiando maleza, y ahora quiero descansar. Déjenme cerrar los ojos un instante para vivir intensamente un episodio de delirio sexual febril con un principito de cuentos de hadas. ¡Ah, qué gran placer!

Bendita seas, eyaculación, que descargas las neuronas del cerebro.

—¿Qué lo tiene tan contento, hombre?

—Nada, compadre. Que se murió la papisa Wojtyla y ahora se pudre en el pudridero de los papas.

—¡Pero cuánto hace! Como veinte años. ¿Por qué mejor no se olvida ya de ese vejete?

—Es que fue muy grande el mal que hizo...

—¡Qué importa! Dele vuelta a la página. No se amargue. Déjelo en paz.

—No.

—Sí.

—No.

—Usted sí es muy cabeciduro.

—Como un Putas. No me cabe en la cabeza que se haya muerto impune ese polaco bellaco.

—¿Sí sabe que los polacos, con todo y lo mugrosos que son, son muy buenos para la pichanga?

—No, ésos son los rumanos.

—Ah sí, tiene razón. Mantienen atrancado el gran polvo del conde Drácula.

—¿Y usted por qué sabe?

—Yo lo sé todo. Lo que se ve y lo que no. Lo que aflora y lo que permanece oculto. Lo que se dice y lo que se calla.

—¡Ay, el omnisciente!

—¡Qué le vamos a hacer!

De joven solía coleccionar razas y nacionalidades de muchachos que iba anotando en una libretica, precursora de esta que llevo ahora con los muertos: de los muchachos vivos con que me iba acostando: ingleses, franceses, españoles, negros, árabes, bereberes... Pero en su mayoría colombianos. Harto estaba ya de mis paisanos, fueran blancos, negros, indios, mestizos, mulatos... Después llegué a la conclusión de que todos me daban igual, que los sistemas digestivos, reproductivos, circulatorios, respiratorios, excretorios eran los mismos por dondequiera y que no tenía objeto ir de la Ceca a la Meca buscando lo que encontraba en cualquier parte. La variación entre ser humano y ser humano es mínima. Como entre gato y gato y entre ratón y ratón. El hombre es una máquina programada para eyacular y lo demás son cuentos.

—Eso ya lo dijo usted en algún lado, no se repita.

—Si ya lo dije, disculpe, compadre. Variémosle entonces un poquito a la cosa: el hombre es una repetición continua de sí mismo, un hundirse sin parar en un espantoso pantano mental del que sólo lo sacará la Muerte.

—Eso sí, ahora sí está hablando bien, atinadamente. El hombre es lo que sea hasta que viene la que usted dice y le pone punto final. Me gusta.

—¡Qué bueno que le guste aunque no sea exactamente lo que dije! Lo que le estoy diciendo es que el hombre es una repetición de la repetidera y punto. Así que no me vuelva a decir que me repito.

—Perdone si lo ofendí.

—Perdonado está, compadre. Pero que no se le vuelva a pegar la aguja en el disco rayado.

—¿Rayado? Habrá que ver cuál de los dos es el que está rayado. Pero mire, mire, ahí va lo que le gusta.

—Sí, dame uno de ésos, Midiosito, compadécete de tu siervo.

—Séquese la boca que se le están saliendo las babas.

¡Cuánta belleza destinada a envejecer y a ser pasto de gusanos! Es condición sine qua non de la belleza la juventud, y de la juventud la inconsciencia ante la Muerte. Estos muchachitos se creen eternos. No tienen el sentido del ayer ni el del mañana, ni pasado ni futuro, sólo el efímero presente, ¿que dura cuánto? ¿Una milésima de segundo? ¿Una millonésima?

—A ver si es tan verraco y logra apresar el soporte del Tiempo en un cronómetro.

—¿Qué entiende, compadre, por soporte del Tiempo?

—Lo que le toma al presente convertirse en pasado.

—Pues un santiamén.

—Pero mídalo, mídalo a ver. Y cuando lo logre y desmenuce el Tiempo en sus pavesitas, pase a medir lo que le toma al vivo convertirse en muerto. A ver, ¿cuánto? ¿Un segundo? ¿O una vida?

—El último segundo de una vida.

—Cuando le llegue el suyo, se acuerda de mí, que fui el que le planteó el problema.

—No tendré tiempo para usted. El último instante de mi vida lo voy a gastar pensando en mi abuela y en mi perra Bruja, a quienes más amé. De suerte que me vaya con ellas, por fin, sin más angustias, a la eternidad de la nada.

—Por lo pronto váyase con ese muchachito que lo está llamando desde la fuente. Mire, mire cómo lo tiene parado. No escupa la felicidad que usted todavía alienta.

—¿Cuánto le pago?

—Lo que sea su voluntad. Todo es poco, nada es mucho.

Observaciones para los turistas que vayan a Medellín sobre los hotelitos del centro adonde vamos a pichar, con hombre o mujer, por fuera del matrimonio, los buenos cristianos, que en última instancia es lo que somos todos: cuartos con baño, papel higiénico y jabón, sábanas que parecen limpias pero que hierven de escabiasis, toalla almidonada de semen y televisor de películas pornográficas en que un hombre de pene grande copula con una puta de vagina igual. La puta abre las piernas a lo que le dan y cuando se lo meten chilla: «¡Ay, ay, ay!» Como una gata. Con el control que me entregan a la entrada apago esa mierda y me concentro en mis muchachos. «Dejad que los niños vengan a mí porque de ellos es el Reino de los Cielos.» ¡Claro que sí! Que vengan. Y detrás de los niños el ejército de Colombia en pelota para ir escogiendo: diez, veinte, treinta, cuarenta, cien, doscientos de estos espléndidos animales bípedos de pene colgante. Por eso y nada más voy a ser presidente de Colombia: para probarles a todos, *urbi et orbi,* cuánto amo a esta tierrita.

Como si fuera consigna general, estos angelitos nunca se quitan las medias cuando entran en funciones. ¿Por sucios? ¿O por pudor? Vaya Dios a saber. Y es que pese a haber secuenciado el genoma e ido varias veces a la Luna, en sexología seguimos en pañales, como en los albores de esta oscura ciencia que fundaron Havelock Ellis, Krafft Ebbing y Wilhelm Stekel, unos barbudos solemnes que a duras penas se habían acostado con su mujer. Se dedicaron entonces estos pretenciosos monógamos a buscar perversiones, siendo así que en el sexo la única perversión es la reproducción. El resto es ortodoxia bendecida por El Que Dije. Y no olvidéis, conciudadanos, compatriotas que me habéis elegido avasalladoramente en las ubres, perdón las urnas, para tan alto cargo, que el buen sexólogo se reconoce por el trabajo de campo que hace y no por sus teorías. Escueto principio científico por el que me rijo yo.

¡Ah, conque me van a mandar la policía al hotelito a ver si me agarran con las manos en la masa! ¡Cuál hotelito! ¡Cuál policía! ¡Cuáles manos! ¡Cuál masa! Más fácil agarra un ciego a una liebre en un rastrojo.

—¿Cómo le fue? ¿Cuánto le dio?

—Para un carro.

—¿Para un carro?

—Sí. De juguete. «Cómprese, mi amorcito, un camioncito. Y tome para que coma. Y tome para que se vista. Y tome en prueba de mi inmenso amor».

—¡Usted sí es muy bueno! Un alma justa.

A falta de papá, con lo que ganan estos niños sostienen familias enteras. Sus mamás tienen hijos de dos, tres y cuatro maridos. Los maridos se van, los niños quedan, a la buena de Dios para que este Ser Providente y Bondadoso se ocupe de ellos. A veces un niño de éstos conoce a su papá, pero no a los papás de sus hermanos. ¿Y qué dicen de esta situación anómala la Iglesia y el Estado? No, si no es anómala, en Medellín es lo usual y sobre todo en las comunas o barriadas que circundan la ciudad montadas en un cinturón de montañas. La madre en Colombia es sagrada, sin importar que sea puta, polígama o lo que sea. ¡Como Cristo también tuvo su mamacita, la Virgen! Carnívoras todas estas desfondadas, comen ternero, cerdo, pollos... Les hierven de gases las tripas pero no les remuerde una pizca la conciencia por engullirse a su prójimo más desventurado. Fueron creadas por Dios para eso: comer, fornicar y parir. Carnivorismo, fornicación y parto, en eso se agotan sus miserables existencias. La mía, pese a que fue monógama obtusa, le subió la población a Antioquia veinticinco carnívoros comemierdas tenidos con un solo marido que ella mangoneaba con el meñique. ¡Qué buenas que son las madres! Para romperles la columna vertebral a varillazos hasta dejarlas tetrapléjicas.

Pero volviendo al pedestal de la estatua. Dice, por su lado norte: «Quisiera tener una fortuna material que dar a cada colombiano, pero no tengo nada. Sólo un corazón para amarlos y una espada para defenderlos», Bolívar. ¡Ah venezolano bellaco, hijo de la que te parió por su vagina puerca! El que sólo da con el deseo no da nada. Gracia sería si repartieras una fortuna reunida peso a peso trabajando honestamente con tus manos de sol a sol. ¿Un corazón para amarnos? ¿Y por qué nos habrías de amar, pendejo, qué te hemos dado? Patadas en el culo es lo que te hemos dado para que te vayas. ¿Y una espada para defendernos? ¡Maricón! La única vez que pudiste cruzar tu espada con alguien, cuando la «nefasta noche septembrina», en el Palacio de San Carlos, saliste de tu cuarto huyendo mientras Manuelita, tu mujer, te protegía de los conjurados con su falda: te tiraste por un balconcito de metro y medio y te fuiste a esconder debajo del puente de un riachuelo.

De allí, de entre los higuerillos y la mierda, te fueron a rescatar tus tropas fieles al amanecer. ¡Dizque el Libertador! Mentiroso, tísico, cabrón. ¡Maricón!

—Lo oigo y no lo creo. ¡Qué ingratitud la suya!

—¿Llama ingratitud a la lucidez rabiosa? No trague cuentos, compadre, que el papa miente, el presidente miente, la Historia miente, todos nos engañan. Recapacite. Lo único que cuenta para mí en este instante fugitivo es el polvo que me acabo de echar en ese hotelito que desde aquí se ve. Y ni eso, porque el polvo ya pasó y se me está borrando en el olvido.

—Siga entonces recargando las baterías para el siguiente, si es eso para lo que nació y por lo que va a dar la vida.

—Claro que sigo, no me lo tiene que decir.

—La vejez le está exacerbando la líbido, ¿eh?

—Cuide el lenguaje, compadre, no use esas palabruchas despreciables que puso en circulación el payaso de Segismundo Freud, que no merece contarse entre mis precursores.

—¿Quién entonces?

—Magnus Hirschfeld, el podófilo.

Marica como Bolívar, Magnus Hirschfeld tenía la fijación de los pies. De los «pieses», como diría Miguel de la Madrid Hurtado, así llamado este ex presidente de México no por lo que le robaron, que fue nada, sino por lo que se robó, que fue mucho, durante su presidencia. ¿Se imaginan ustedes los pieses como nuestro instrumento sexual máximo? Pues en ellos se quintaesenciaba para Hirschfeld la sexualidad del *Homo sapiens,* la bestia más arrecha que haya producido en su torcido curso la evolución. Andaba Hirschfeld en el Berlín de la República de Weimar midiéndole los pies a cuanto varón se le cruzaba por su camino. Hitler lo quería matar. No pudo. Se le escapó. Le alcanzó a quemar su Instituto de Ciencias Sexológicas con su inmensa biblioteca de puro sexo. Sexo hasta pa' tirar pa'l zarzo, ¿que saben qué es? El entramado que techaba el baño de nuestra casa del barrio de Boston de la ciudad de Medellín del departamento de Antioquia de la República de Colombia, planeta Tierra, Sistema Solar, Vía Láctea, Universo mundo de esta dimensión que nos cupo en suerte y que padecemos todos, con fuerza de gravedad, fuerza electromagnética, fuerzas fuertes, fuerzas débiles, etcétera, etcétera. ¡Qué héroe Magnus Hirschfeld, mi precursor! Un poco más y le mide los pies al Führer.

Acabo de poner en mi libreta (porque apenas hasta ahora me acabo de enterar, por Internet, de que murió hace décadas) a Armando Bo, productor y director argentino de películas pornográficas que filmaba con su mujer, Isabel Sarli, la Coca Sarli, la dueña de las tetas más deslumbrantes que hayan visto mis ojos. ¡Qué tetas, por Dios, qué tetas! ¡Qué glándulas mamarias más despampanantes, equivalentes al falo de un burro colgado de un blanco o de un negro! Se las vi una vez en persona en Nueva York en un almacén de artículos de cine al que entró con el susodicho Armando Bo a comprar unos reflectores para iluminárselas como Dios manda en la próxima película que filmaran los cónyuges en la jungla, en los llanos, en la pampa, bañándose ella en traje de Eva en un río hirviendo de pirañas o bajo los chorros de unas cataratas desbordadas, y él detrás de la cámara dirigiéndola:

—Echate agüita espumosa en las tetas, Coquita. Más, más, más. Jadeá. Abrí la boca. Entorná los ojos.

¡Ah cabrón, Armando Bo, de qué lactífera ubre te pegaste para envidia de tu prójimo! ¡Cuánto líquido vil del que hablaba Borges no hizo correr esa yegua con sus farallones! Mea culpa, padre, acúsome de mis desviaciones sexuales.

—¿Que serían cuáles?

—Pues las con mujer. ¿Cuáles otras si el resto, como dijo arriba el sabio, es ortodoxia? ¿Quiere que le cuente en detalle para que se le alboroten los instintos, se le desencuaderne la conciencia y termine pecando de pensamiento y obra con el consiguiente riesgo de perdición de su alma? Mejor no pregunte y absuelva en bloque.

Pero si muchos son mis muertos, padre, pocos son mis entierros. No fui al de mi abuelo, no fui al de mi abuela, no fui al de mi hermano, no fui al de mi hermana... Ni al de mi santa madre, vaya, que de santa no tuvo un carajo esta empedernida parturienta que les dejó impreso su excelso molde en sus ácidos desoxirribonucleicos a veintisiete vástagos. Su máxima caridad era repartir entre los pobres los costalados de naranjas podridas que nos sobraban de la finca. Se las llevaban los pobres cabizbajos, con el rabo entre las patas, mentándole la madre. Para que el pobre agradezca hay que darle plata. Plata, plata, plata sin parar o su gratitud se acaba. ¡Ah, qué buenos que están los pobres cuando están buenos para darles por sus entradas al alma! Sexo con pobre es una exquisitez, mejor que con rico, lo recomiendo. Además es caridad cristiana que cuenta a la hora del Juicio Final cuando decide el Loco de Allá Arriba si nos condenamos o nos salvamos. ¡Miren no más a estas palomas traviesas en lo que andan! Cagándose en el Libertador, bañándole de porquería su estatua. ¡Cuán desprotegida está la gloria de los desastres naturales! ¿Estatuitas a mí? A mí que me cremen y tiren mis cenizas al viento, ¡y a volar palomas! Nada de estatuas. Ahora bien, ese líquido vil borgiano, con todo y lo nocivo que puede ser insertado en el hueco indebido, untado en la cara es buenísimo para las arrugas. Pruebe, señora, y verá. Hay hierbas malas que tienen propiedades curativas.

Fui en octubre pasado a Barrancabermeja a despedirme de mi tío Ovidio poco antes de que muriera. Él fue el tío de mis afectos y llenó con sus locuras mi niñez. Nueva York en 1920 tenía, según él y aún no se me olvida, veinticinco mil heroinómanos de jeringa. ¡Cuánto dato inútil no aprendí de tu memoria ociosa, Ovidio, cuando yo era un niño y tú un muchacho y cómo te quise! Tú fuiste el guía de mi niñez y de la de mis primeros hermanos.

—Ovidio: ¿Dios existe?

—¡Qué va a existir ese viejo güevón, niños!

—¿Y entonces por qué la abuela y Elenita le rezan?

—Por pendejas.

La abuela era la mía, Raquel Pizano, su mamá, y Elenita su tía, mi tía abuela. A ver, compadre, ¿cómo es que se llamaba la finca de mi abuela?

—Santa Anita.

—¡Vaya, se acordó! Se le está mejorando la memoria.

—¡Cómo olvidarla si se la llevó el ensanche! Con su abuela, con su abuelo, con su tío, con su tía, con su

45

primo, con su prima, con su hermano, con su hermana, con su padre, con su madre... De uno en uno la
temida Parca le ha ido desgranando a usted la mazorca y ya no le va quedando sino la tusa.

La tusa, para quien no sabe (¡y quién va a saber de
esa palabrita difunta que se usó en Antioquia hace
cien años!), es lo que queda de una mazorca cuando el
cristiano la desgrana grano a grano como rezando avemarías de un rosario. Sirve para lo que sirven las tetas
de los hombres. Para un carajo.

Fui pues, como digo, a despedirme de Ovidio a
Barrancabermeja, o simplemente Barranca, la paila
mocha del diablo, la olla hirviendo de Colombia donde vivió mi tío hasta el final desde muchacho. A Barranca fue a dar porque allí tenía mi abuelo, su papá,
un almacén de zapatos. Padre e hijo la iban mal, no se
entendían, apenas si se soportaban porque trabajaban
juntos. Mi abuelo era viejo y él joven, mi abuelo reconcentrado y él expansivo, mi abuelo ahorrativo y él
gastador. Ovidio era noviero, mi abuelo era hombre de
una sola mujer, mi abuela (bueno, hasta donde sabía-
mos porque luego resultó que siempre no, cuando al
Tiempo ocioso le dio por abrir el cofre de los secretos
para ventilarlo). Además de reconcentrado mi abuelo
era calvo y se hacía el sordo. Al primer dolor de muelas
que tuvo, a los diecinueve años, se hizo tumbar todos
los dientes y ponerse dentadura postiza para no tener
que gastar nunca más en dentistas. En un altico del
camino entre los pueblos de Santo Domingo y San
Roque, con su paciencia infinita y sin darle un solo
fuetazo, después de veinticuatro horas de espera, de sol
a sol, hizo mover a la mula más terca que tenía Antio-

quia y que de ese altico no pasaba así le lloviera sobre el lomo una lluvia de palazos. De ese hombre calvo, sordo, desdentado y terco (y con los años cegatón) provengo yo. De él me viene esta manía irredenta de contradecir, que es mi más preciada prenda. Si usted dice que sí, yo digo que no; si usted dice que no, yo digo que sí. Si usted reza, yo blasfemo; si usted blasfema, yo rezo. Y así. Por ahí va el agua al molino.

Cuando después de muchos años de sudar en Barranca la gota amarga regresó mi abuelo a Medellín a morir, junto a la abuela, en la finca Santa Anita, Ovidio se quedó con el negocio y en unos cuantos días lo liquidó para montar en su lugar un almacén de insubstancialidades eléctricas: apagadores, bocinas, enchufes, cables, agujas de tocadiscos, tubos de radio, zoquets... Se casó, tuvo hijos, nietos, sacó adelante a su familia, envejeció y ahora se estaba muriendo y yo iba a verlo. Tenía un cáncer en la garganta, por lo que le habían sacado las cuerdas vocales y no podía hablar. ¡Como cortarle una pata a Maradona! Ovidio sin voz era un arroyuelo sin agua. Me condujeron a su habitación en la planta baja de la casa, un cuarto escueto con una cama, un par de sillas y una mesita de noche atestada de remedios. Ahí estaba en esa cama un Quijote moribundo, un Santo Cristo, sus despojos. En la cabecera, a su lado, tratando de conjurar el calor un ventiladorcito zumbaba.

—Ovidio —le pregunté para no echarme a llorar—: ¿cuántos heroinómanos de jeringa tenía Nueva York en 1920?

Por señas pidió papel y lápiz, se los trajeron y escribió: veinticinco mil.

—Exacto. Veinticinco mil. Seguimos bien en las cuentas.

Cuando yo era un niño Ovidio era un muchacho. Ahora que volvía a verlo éramos dos viejos, la diferencia de edad se había borrado. No le diga nunca a nadie viejo, compadre, que viejos son los cerros y el tiempo empareja. Me quedé en Barranca esa tarde y esa noche. En la tarde fui con su esposa a conocer el almacén de repuestos electrónicos, con los que había reemplazado Ovidio a los eléctricos. No era el almacén inmenso que me imaginaba, a la orilla del Magdalena. El río ni lo vi y el almacén era un localito en un centro comercial venido a menos. Cajitas y cajitas y cajitas marcadas con su letra, de alambritos, tornillitos y transistorcitos que ya nadie necesitaba porque si a lo eléctrico lo había reemplazado lo electrónico, a lo electrónico lo reemplazó lo digital. Ovidio era del tiempo de Edison y había vivido mucho. Todo lo que había allí sobraba. Tal vez para un museo. ¿Pero de qué? ¿Del electrón? A mí nada de estatuas, ¿eh, compadre? ¡Sólo pavesas que se lleve el viento! En la ere de mi libreta hay una entrada que dice «Rendón Ovidio». Es él, mi tío, el que más quise. Hoy está en el puesto 493. En cualquier momento me lo desplazan. Por ejemplo el presunto poeta Alí Chumacero, que va rayando el siglo. ¿Saben cuántos Rendones llevo en la libreta? Cincuenta y dos. ¡Qué plaga la de estos reproductores natos! Brutos y locos rabiosos todos ellos. Véase el librito de mi autoría *Los días azules* donde están retratados todos ellos. Y punto, que yo no me repito. A otra cosa.

A otra cosa. A las incidencias menudas de este parque desdichado de mendigos, prostitutos, prosti-

48

tutas, chantajistas, estafadores, lustradores de zapatos, vendedores de lotería, expendedores de droga, travestis, raponeros... Y un puesto de policías bachilleres, que sirve para lo que sirven las tusas de las mazorcas y las tetas de los hombres. Colombia le perdió desde hace mucho el respeto a la Ley y la escupe en la cara. A estos muchachos recién salidos del bachillerato la sociedad los recluta para que la defiendan ad honórem, pero les impide disparar: sólo pueden dejarse acuchillar. ¡Ah con esta alcahuetería de los derechos humanos! Déjenme que suba y van a ver. Les monto un paredón de fumigamiento de dos kilómetros y fumigo hasta a misiá hijueputa. En fin, en este parque que digo las prostitutas son niñas y mujeres; los prostitutos, niños y muchachos, y los raponeros, ladrones *in illo tempore* de gafas y relojes, hoy arrancan teléfonos celulares. Como Medellín anda tan telefonocelularizada... Ahí van pegados a esos aparaticos imbéciles los bípedos zafios de esta raza tarada caminando como zombis parlantes. ¡Ay, tan importantes ellos! ¿Con quién estás hablando, ganapán? ¿Con el ministro? ¿Qué coima le vas a dar a ese hijueputa? ¿De cuánto va a ser el saqueo que le vas a propinar a Colombia? A mí me engendró la ociosidad, me parió la demencia y me amamantó el delirio. Y que llueva, truene y relampaguee que esta noche no duermo. ¡Ay, tan buenos cristianos los antioqueños, tan esperanzados ellos en Cristo! Pero eso sí, procesando día y noche en sus puercas tripas los animalitos inocentes que se comen para después excretarlos por sus siesos. Será para la mayor gloria de Dios, el Altísimo... ¡Claro, el Altísimo, el Padre Eterno! El Omnisciente, el Bondadoso, el Ubicuo, que es el que mea desde arriba y le da sentido a esto.

—Hoy sí amaneció usted desatado. Ni que hubiera dormido en hamaca. Piche para que se calme. Vaya, vaya, agarre barco.

—Son estas noches interminables musicalizadas por los zancudos y amenizadas por el insomnio. ¡Ni que hubiera matado a más de cuatro!

¡Síganse, síganse, loros hermosos! ¡Qué bueno que volvieron a Medellín y se instalaron en pleno centro! Me retrotraen a mí mismo, a mi niñez, y con su aleteo verde me encienden la esperanza. ¿Ven? Es que yo espero al revés. Lo que quiero es que el mundo pare, dé media vuelta y vuelva atrás, a lo que fuimos, que con todo y lo malo que era era mucho menos malo que esto. Renuncio al carro, al teléfono, al avión, al homosexualismo, al televisor... No más ruido, no más imágenes, basta. Sólo un cielo azul clarito rasgado por una bandada verdirrabiosa de loros que exprese el sentir del pueblo: «¡Viva el gran partido liberal, abajo godos hijueputas!» Godos, o sea conservadores, camanduleros, rezanderos. Lacayos serviles de Dios y de su hijo Cristo. ¡Ah, pa' bajar a este papito masoquista de esa cruz y hacerle lindeza y media!

—¿Y no lleva libreta de sus conquistas amorosas?

—Fíjese que no. Picho y olvido. Así que no me pregunte por fulanito que no le puedo dar razón de ese muchacho. Con decirle que a veces los repito como nuevos.

Lo que hago lo callo, soy una tumba egipcia. He ahí una de las razones de mi éxito. Por andar pregonando sus donceles a Chucho Lopera lo mandaron de veinticuatro puñaladas al infierno. Pero eso ya lo conté en otro lado. ¿Dónde?

—En *El fuego secreto*.

—¿Y usted por qué sabe?

—Yo sé todo de todos. Todo lo veo, todo lo registro, para mí no hay fueguitos secretos.

—¿Entonces usted es como Dios?

—Prácticamente. Aunque menos malo. ¿Y sabe quién entregó su alma anoche, para que lo ponga en la libreta?

—¿Quién?

—Diego Medina, el anticuario, el millonario, el de las incontables propiedades. En Bogotá, en Medellín, Cartagena, Barranquilla, Santa Marta, Popayán, Pasto, Tunja, Cali, Cúcuta, Bucaramanga... Casas, apartamentos, carros, buses, camiones, almacenes, locales... Fincas en la sabana, en el Valle del Cauca, en el del Cesar, en Loma Linda, en Sabana Larga, en Culo Estrecho, en Ciénaga Grande... Y ese penthouse lujoso en la Torre C del Edificio Bavaria repleto de antigüedades y con vista sobre Monserrate y los tugurios de la ciudad. Porcelanas, vajillas, teteras, kilimes, tapices, alfombras, gobelinos, gobelones, lámparas de pie, de techo, de mesa...

—Gracias, compadre, por el muerto que me da. Cuando llegue a casa lo anoto en la libreta. En la eme. ¡Medina Diego!

—Presente.

¡Ay Dieguito, te nos fuiste, qué pesar! ¡Qué hace que estábamos tomando el té contigo en tu penthouse soberbio de tu Edificio Bavaria! Con tus criados de librea y guantes blancos sirviéndonos en samovar...

Nos hablabas en esa ocasión de tus últimas inversiones: las casas viejas de la Calle 24 arriba de la Carrera Séptima que corriste a comprar no bien te enteraste de que les iban a construir un parque enfrente.

—Exacto. Y así, con parque enfrente, esas casuchas viejas van a quedar valiendo millones.

—¿Y cómo te enteraste de lo del parque?

—Ah, por una filtración. Se le salió al Alcalde Menor del Centro, que es conocido mío, que estaba previsto el parque en el plan urbanístico de Bogotá para el actual milenio.

—¿Y cuándo, Dieguito, piensan construir el parque?

—Dentro de veinticinco años.

A los noventa y cinco años Diego Medina invertía para dentro de veinticinco. ¿Cómo se llama esto? ¿Amor por la vida? ¿Optimismo? ¿Necedad? Vivió Diego Medina convencido de que no le iba a tocar un pelo la Muerte. No ha pasado un mes de lo que cuento y ya vino por él Nuestra Señora. Se le vino por dentro callada derechito al miocardio montada en un trombo que le bloqueó la aorta. ¡Tas! Fulminado. Se fue de bruces sobre un jarrón chino que se hizo añicos sobre una alfombra persa.

—Por eso gástese los pesitos que tiene en muchachos, no economice que usted tendrá plata pero no futuro: ya se lo gastó. Lo que sí tiene, y de sobra, es pasado.

—Gracias por su delicadeza, compadre, no sabe cuánto me aumenta el optimismo. Como el espejo. ¿Ve estas manchitas que me han venido saliendo últimamente en la cara? Según el doctor Cortés, melanoma. ¡Jua! Me río del doctor Cortés y su melanoma. A mí no me alcanza a matar un cáncer lento.

Como con absoluta impunidad. Bebo con absoluta impunidad. Fumo con absoluta impunidad. Picho con absoluta impunidad. ¡Cuál sida, cuál enfisema, cuál cirrosis, cuál melanoma! Apuesto carreras con estos fantasmitas desdentados y me les muero antes, llego primero. ¿Enfisemitas a mí? A otro perro con ese hueso. ¡Y el banquete que me pienso dar en mi harem de musulmanes de Damasco no bien acabe con este parque!

—Al paso que va poco le falta. ¿Cuántos lleva hoy?

—Ni uno. Dormí mal. Hoy no está el palo pa' cucharas.

Cuarenta años me encerraron en la Casa Grande como loco pero conmigo no van a poder porque yo soy Epifanio Mejía, el poeta de la raza. Y ahí vienen en camino, camino a Medellín desde Puerto Berrío, en veinte mulas de carga, para que se tengan fino, los ciento veinte mil versos de mi poema «Todo» compuesto en endechas reales para asombro de las generaciones venideras, pues estos patisucios zafios de ahora no me entienden. Si acaso en la Universidad de Antioquia...

—¡Valiente gracia en endechas reales! ¡Con rimas asonantes!

—Pues sí, ¡qué remedio! ¡Es que las rimas consonantes son tan pocas en este idioma! Y ya se me las gastaron todas. Además, o le canta uno a todo con cierto desmañamiento de la forma, o le canta uno a nada (a un camello, a un colibrí, a una mosca) con afectada perfección de parnasiano. Yo soy de los que lo quieren todo. Pero ya. Ya, ya. Dije ya.

—Bueno, bueno, no se enoje, cálmese.

—¡No, si no me enojo! Es que yo hablo así, como español. Marcado.

El sordo rumor del gentío me entorpece el flujo del relato. Oigo lo que dicen, leo lo que piensan. Basura. Zumban y zumban y zumban sin parar estos bípedos pensantes. Ahí van, prisioneros de sí mismos como zombis pataleando en sus pantanos mentales, en esas arenas movedizas que se los están tragando instante por instante por instante y que llaman el alma. ¡Cuál alma! El alma es la confusión. ¡Y al diablo con Dios que no lo necesito para nada! ¿De qué me sirve? ¿Qué me explica? ¿Qué me da? ¿Que alguien tuvo que crear esto? ¿Y por qué? No es necesario. Nadie lo creó. Es propiedad *sine qua non* de la materia la eternidad. No den la vuelta del bobo, bobos, que lo que se explica solo se explica solo y lo que sobra sobra. Ahora bien, que si en vez de materia prefieren universo, pongan entonces universo que materia es una palabrucha metafísica, pseudocientífica. ¡Y al diablo con la Biblia y el Corán que Dios no le puede hablar al hombre porque el lenguaje es sucesivo y Dios es inmutable y está quieto! Si Dios entra en el jueguito del Tiempo se jodió: se lo arrastra la corriente de las cosas y lo revuelca como revuelca el Cauca al despistado que se mete en sus enremolinadas aguas a nadar. Vamos a suponer que en un momento dado de su eternidad Dios creó al mundo: pues en ese instante mismo dejó de ser el que era y pasó a ser otro. Antes de la creación lo que había era un Dios no creador. Y después de ella pasa a haber un Dios creador. ¿Cambió, o no cambió? ¿Dónde está entonces la inmutabilidad de este viejo? A mí que no me vengan con cuentos que la otra noche en un insomnio amenizado por una nube de zancudos, mis *musiciens,* entendí por fin qué son la gravedad y la luz y cómo las neuronas del cerebro producen el espejismo del alma. Por fin vi claro. ¡Carajo, lo único que me falta ahora es levitar! Elevarme a cincuenta centímetros del suelo y quedarme ahí suspendido mientras digo lento abracadabra. No a tres metros, ni a dos, ni a uno: a cincuenta míseros centímetros, dos falos grandes. ¡Pero quitémonos de esta banca que nos van a cagar las palomas!

—¡Ah con sus ocurrencias después de sus tempestades!

A Satanás le ruego que me levante en vilo lo que digo para darle una lección de altura a esta chusma bellaca. No permitas, Ángel Caído, que tu siervo se muera en esta banca de este parque sin levitar ni alcanzar, tras la levitación ansiada, a llegar en taxi a su casa. ¡Pero cuál casa! ¡Si hace años que la perdí, que no tengo, que todos en la mía se murieron! Hoy son sólo unos nombres sosos que empiezan por la pe, la ere o la ve en una libreta de carroña.

—Pizano Raquel.

—Presente.

—Rendón Leonidas.

—Presente.

—Vallejo Aníbal.

—Presente.

—Rendón Lía.

—Presente.

¡Ah con estos bienaventurados! Ellos arriba impunes, los criminales, en pleno goce de la presencia del Altísimo; y yo aquí abajo, la víctima, capoteando tempestades. Al infierno me iré con Satanás para no volver a verlos, parientes. Rico o pobre, bello o feo, inteligente o bruto, ¡maldito el que se reproduce!

—«Perdónalos, Señor, porque no saben lo que hacen». Piense en otra cosa.

—¡Qué los voy a perdonar! ¡En qué voy a pensar!

—En el tratado de sexología con que amenaza. ¡A ver! ¿Para cuándo?

—Fíjese que no, dudo mucho. Mi discurrir sexológico se da más bien en la práctica. Lo que a mí me pasa a mí me pasa y no me animo a generalizar por un simple principio de honestidad que es del que carecen este presidentucho liliputiense y bellaco y su procurador vándalo Alejandro Ordóñez.

—Deje esa gentecita en paz, no queme pólvora en gallinazos. Y hágale al libro, que le va a quedar muy bonito.

—Ahí he estado borroneando, por no dejar, unas cuartillas de la Introducción o *Introductio,* para pasar acto seguido al *cunnilingus,* la *fellatio* y la *irrumatio.*

—Mejor al revés: primero de aperitivo los que dice, y luego el acto seguido, la *Introductio.*

—¡Cómo! ¿El *Introitus* de culminación de la misa?

—¡Claro! Así funciona el sexo, patas arriba. ¡Pero qué le voy a enseñar yo a usted que en este parque dicta cátedra, maestro!

—No me diga así que me siento como pintor de paredes.

—Sí le digo. Yo sé cuanto que hay de amor, de compasión y música en su alma.

—¿En mi alma? ¿Metido usted en semejante olla? ¡Pobre! Sálgase rapidito antes de que se lo trague pero sepa de paso que los lengüetazos de la adulación a mí no me hacen ni cosquillas. Estoy blindado a la lisonja. ¡Y sigo pasando lista! A ver, Karol Wojtyla, el polaco, más conocido por el alias de Juan Pablo Segundo, ¿dónde estás?

—Donde manda Satanás, ¿dónde más? Aquí me tienes desde el 2 de abril de 2005, año de la era del Señor, cuando en castigo por mis incontables bellaquerías e infamias caí en caída libre en lo más profundo del averno.

¡Vida puta! Ya ni en el infierno me puedo meter porque después de dañarme el planeta con la explosión demográfica que desató se instaló allá abajo este engendro. El infierno atestado, el cielo atestado, el purgatorio atestado, el limbo atestado, las calles atestadas, las carreteras atestadas, los aeropuertos atestados, los hospitales atestados, los restaurantes atestados... Gente y más gente y más gente cagando, cagando y cagando...

—¡A ver! ¿Cuánto le ayudaste a montar a la población mundial durante los veintiséis años de tu pontificado? Hablá, decí, contestá, polaco dañino, pavo real vanidoso, engendro de Wadowice, aborto de la naturaleza, hijo de tu papá y tu mamá.

—Dos mil doscientos millones.

¡Y pensar que te tuve a tiro de piedra desde una acera de la Avenida Insurgentes de la ciudad de México cuando pasabas en tu papamóvil por entre la chusma cagando bendiciones! Por eso estás en mi libreta. Porque te vi, en persona, con estos ojos. ¡No haber tenido un changón pa' haberte volado de un changonazo tu obtusa testa! ¡Qué iba a tener, imprevisor, tarado! Ni tenía cuando la visita de Pablo Sexto a Colombia. Aquí vino ese alfeñique estulto a que se le postrara a sus pies y lo adorara este país descaracterizado y novelero. Vieja horra, Pabla Sexta, azuzadora de la reproducción ajena como Wojtyla, mala y fea, fea y falsa. ¡Y me habré de morir sin haber manducado papa! Uno siquiera. ¡Puta vida! ¡Vida puta! ¡Qué desgracia!

—Le doy toda la razón, carne de papa es lo máximo, *bucato di cardinale*. El más exquisito manjar que le pueda brindar a su engolosinado paladar la Muerte.

—¡Pero claro, compadre! Asociémonos, confabulémonos, conchabémonos que lo que el hombre se propone lo logra y la unión hace la fuerza. Montamos un operativo con veinte sicarios de aquí, fletamos un Cessna Corvalis para que viajemos cómodos, ¡y a Roma, a fumigar!

—En un Corvalis no cabemos. Mejor en un Citation.

—En un avión y punto. En el que sea. Ya está usted pues como mexicano haciéndome marcianismo...

¿De quién será ese entierro que está entrando a la catedral? Mío no es. ¿De un prohombre? ¿De un canónigo? «Por mi boca hablará el Espíritu», dijo el loquito.

—¿Y sus sobrinos qué? ¿No los cuenta como familia? ¿Cuántos son?

—Entre cincuenta y cien.

—¿Y qué les va a dejar de herencia?

—Viento. Viento para que se inflen por el culo es lo que les va a dejar de herencia el tío marica.

La mía fue una familia del común. Carnívoros reproductores como la mayoría, de esos que pasan impunes por esta vida haciendo cristianamente el mal. Empleadillos del municipio o de la universidad, con apartamento, carro, finquita... Saco de la lista a mi tercer hermano, Aníbal, y a Nora, su mujer, de nobilísimo corazón ambos, santos. Los seres más bondadosos que haya producido Antioquia. Treinta años se echaron sobre sus hombros a la Sociedad Protectora de Animales de Medellín, que no quería nadie, hasta que de semejante carga de dolor los liberó la Muerte. ¡Cuántas veces no los vi llorar por los animales!

—¿Y usted? ¿También lloraba?

—¡Claro! También. Llorando con ellos por ellos.

—¿Y por el hombre?

—Fíjese que no. Ni una lágrima. Le tengo tirria al simio ese.

—Bueno, pero puesto que usted por lo menos quiere a los animales, alguna esperanza hay de que se salve y se vaya al cielo.

—¿Y a qué? ¿A aguantarme lo que resta de la eternidad al viejo aburrido del Padre Eterno?

—No... A cantar en los coros celestiales con los angelitos culirrosas.

—No me tiente, compadre, no me tiente que no tengo vocación de bueno. Déjeme donde estoy y a ver en dónde acabo, no haga el papel del Diablo. Y que se conozca en adelante a Wojtyla como el papa mierda porque en ningún momento de la Historia se produjo tanta mierda en este desventurado planeta como durante su pontificado gracias a él.

—Buena propuesta. Mándela a la ONU a ver si se la aprueban en el pleno como resolución vinculante.

—¡Pero claro! Diría así: «La Historia acoge en sus páginas al gran pontífice polaco Karol Wojtyla con el apelativo de papa mierda pues si bien muchos de sus predecesores se mancharon hasta la coronilla de sangre ninguno se embarró de coproporfirina tanto como él. ¡Viva Polonia!»

—Me gusta pero no me convence. Le falta el toque burocrático que a usted nunca le sale, y le sobra «hasta la coronilla». Consúltelo con un abogado. Con uno bien dañado de alma e hijueputa.

—¡Pues con el doctor Ordóñez!

—Perfecto. Con el vándalo.

Pero vengan, caminemos unos pasos y me acompañan a la calle de Junín para que vean en qué quedó el teatro de mis juveniles hazañas. Miren. Chusma suelta. El lumpen vulgar e ignaro que se volcó desde las montañas sobre el paraíso y me lo volvió un infierno. ¿Dónde están las bellezas de antaño, qué se fizieron? Las marchitó la vejez o se las llevó la Muerte. ¡Y el ruido, por Dios, el ruido! Este bombo que lleva cuarenta años resonándome en los oídos sin parar. ¿Para qué querrá infierno en la otra vida el papa mierda si con el que tenemos en ésta con uno solo de estos equipos de sonido tocando música disco hay de sobra? Doña Muerte, misiá Muerte, caritativa y misericordiosa señora que de todos te acuerdas, mi tiempo está concluido, acuérdate de mí.

—Ah, pero a palo seco no me les muero. ¡Que me toquen la Serenata de Schubert mientras me les estoy yendo!

—¿Tanto le gusta esa pieza, maestro?

—Si no me gusta... Estoy harto de ella. La quiero por joder.

—¡Pero miren quién viene con su gabán, sus botas negras relucientes, su boina a cuadros escocesa y su amorcito! El profesor Chamberlain. ¡Qué cuenta, profesor! ¿Cómo va ese amor con su niño?

—Divinamente bien. Nos amamos por sobre todas las reglas y convenciones sociales.

—¿Y cómo le hacen para perpetuar la pasión? ¿Para que no se les extinga en este mundo moderno tan lleno de distractores?

—Mi dinero es la leña que mantiene encendido el fuego de nuestro amor. ¿O no, Dieguito?

—Eh Ave María, hoy sí está usted muy inspirado, profesor Girafales.

—Girafales no: Chamberlain.

—Como sea. Pero tenga cuidado con no echarle mucha leña al fuego no se vayan a quemar los tortolitos. Hay que andarse con tiento en las metáforas, ¿eh?, usted que es maestro de escuela. Y a propósito, ¿cuántos niños tiene en su clase?

—Veinticinco. De entre doce y quince añitos.

—En edad reproductiva como quien dice.

—Sí. Empezando a izar bandera.

—¡Qué grandeza la de Dios! Pase alguno. No vaya a volverse como el padre Marcial Maciel, el mexicano, que no compartió su jardín florido con nadie y hoy se quema en los infiernos.

—No, yo comparto. Le voy a regalar uno de trece añitos, morenito, del barrio Santo Domingo Savio de las comunas, una verdadera máquina de eyaculación, una troca.

—¡Promesas! En lo que llevo viniendo a este parque no me ha regalado usted no digo una troca, que no sé qué sea. ¡Ni un confite!

—«Tened fe y veréis qué cosa son los milagros» dijo san Juan Bosco, el amante de santo Domingo Savio. Mañana se lo traigo. Ciao. Vámonos, Dieguito.

—Ciao, Dieguito. Y cuando se canse de ese profesor marica se viene conmigo que yo tengo más plata que él y estoy escribiendo un *best seller*.

Pero sigamos nuestro paseo por Junín, el parque de Berrío, la Avenida la Playa, la plazuela Nutibara, la placita de San Ignacio, la Universidad de Antioquia para que vayan viendo lo que quedó del Medellín de antaño: ruinas de ruinas de ruinas. La ruina económica, social, espiritual, moral, total. Y para acabar de ajustar (como dicen en México) se les achicó el pene a estos reproductores. Esos aparatos prodigiosos de antaño que glorificaban al Señor ya no se ven. Desaparecieron, como por la magia de Aladino. Vamos de culos rumbo al negro abismo, sin que nada nos pueda parar, ni nadie. Todo conspira contra nosotros. Hasta la genética, vaya, la incierta ciencia de Mendel y Morgan, que se burla de este desventurado país. Venezuela no nos respeta. Ecuador no nos respeta. Nicaragua no nos respeta. Somos unos simios semihumanos eunucoides. Amén.

Desde que sabemos por la Historia el hombre le busca razones a todo. Lo cual está bien cuando tiene sentido buscarlas, pero no cuando sobran. ¿Para qué postular por ejemplo que el universo tuvo un principio y un Creador? No se necesitan. Si por universo entendemos todo, ¿dónde metemos a Dios? ¿Lo dejamos por fuera del todo? Entonces el todo deja de serlo. El mundo estaba ahí, desastroso, cuando nací y ahí seguirá, desastroso, cuando me muera. Todo es todo, nada es nada, nunca es nunca, siempre es siempre y el tiempo y el espacio son quimeras. En cuanto a la fuerza de gravedad que me jala hacia la tierra, ¿por qué llamarla «fuerza», si fuerza no le agrega nada al concepto? Con gravedad basta. Olvídense de la gravedad o concíbanla por salvedad: si no existiera, no estaríamos atados a la tierra y nos dispersaríamos como astronautas sin cordón umbilical por el vacío extraterrestre. ¿Y por qué «vacío» y no «espacio»? Pongan espacio en vez de vacío en lo que dije y verán que queda igual. ¡Qué engañosas son las palabras y qué dado es el hombre a mentir y a mentirse! ¿Es acaso la gravedad una propiedad de la materia? Puesto que no podemos concebir la materia sin la gravedad ni la gravedad sin la materia, sobra una, sobra la otra o sobran ambas. Yo digo que ambas, borrémoslas del diccionario. Para mí sólo tiene peso ontológico el niño que me depare el destino en este instante, tres de la tarde hora de Colombia según lo cacarea el reloj de la catedral. ¡Y apurémonos que el día se hizo viejo! El resto es difuminación del alma, brumas del pensamiento, pantano de las neuronas. Y puesto que el hombre ha podido vivir sin la palabra pederastia desde que bajó del árbol hace tres o cuatro o cinco millones de años hasta cuando los griegos y el loco Cristo pusieron en boga el concepto, borrémosla también del diccionario y démosle una nueva acepción al amor. Lo que falta falta y lo que sobra sobra.

—Con semejantes tesis tan difuminadas, maestro, se me hace que usted nunca va a levitar.

—Por el contrario. Es la falta de gravedad o peso la que me va a subir rumbo al cielo.

—¿Y hasta qué edad le gustan los niños?

—Hasta que dejan de serlo. Punto en el cual me empiezan a gustar los muchachos.

—¿Y los hombres?

—También: blancos, negros, cobrizos, amarillos...

—Entonces usted prácticamente es como el papa, ecuménico.

—Sí, prácticamente. En eso sí me identifico mucho con ese viejo.

—¿Y los viejos?

—Ésos se los dejo a los gusanos.

Y en llegando a los gusanos y para contrarrestar a Thánatos paso a la más portentosa eyaculación que registren los anales. Mía, ¿eh?, no de mi mísero prójimo. Ocurrióme con uno de esos animales bípedos de vagina en el centro que llaman mujer: la del panadero. La panadería estaba en la calle de Ozuluama, a unas cuadras de mi casa en la ciudad de México, y allí iba todas las tardes a las cinco, con mi perra Bruja, a comprar el pan. Veinticinco años tenía la maldita, ¡y qué tetas! ¡Qué tetas, por Dios, qué tetas! Protuberantes, palpitantes, inmensas, cargadas con toda la carga de la malparidez. Me hacían acordar indefectiblemente de Vasconcelos que dijo: «Un par de tetas jalan más que dos carretas». Bien dicho, aunque yo hubiera

puesto más bien «que dos yuntas de bueyes» pues las
carretas no jalan: a las carretas las jalan. En fin, como
sea, esas dos carretas vasconcelianas desde el día que
las vi me empezaron a jalar rumbo al agujero negro
del centro. Pero ahora del que me acuerdo es de Stephen Hawking.

—¿Del físico?

—Sí.

—¿Del paralítico?

—Sí.

—¿Del inglés?

—Sí.

—¿Y qué tiene que ver?

—Mucho, como va a ver, si me permite una di-
gresión cosmológica.

—Hágale, hágale.

Con su espejismo de la finalidad la vida es un experimento fallido de la materia. O mejor dicho, su único experimento fallido, desastroso, trágico. Los otros
son tanteos inocentes, inconsecuentes, bobalicones,
así se trate de los terribles agujeros negros que inexo-
rablemente nos van a tragar y que por lo pronto ya le
sorbieron el seso a Stephen Hawking.

—¿Y no tiene remedio el pobrecito?

—¡Qué va a tener! Está más perdido en sus cálcu-
los abstrusos que el hijo de Lindbergh en manos de
sus secuestradores. Habla como con voz de ultratumba por un micrófono conectado a una computadora.
Y dicta: «Raíz cúbica de raíz cuadrada de ciento treinta y cuatro mil ochocientos veinticuatro elevado a la
décima potencia y multiplicado por la velocidad de
la luz».

—Y en ese espejismo de la finalidad que usted dice, ¿cuál sería la del hombre? ¿La felicidad acaso?

—Le contesto en italiano: *Va fan culo*.

Pero permítanme volver a lo del pan y las tetas de la panadera. ¡Qué tetas, por Dios, qué tetas! ¡Qué monumento a tu gloria, mi Diosito! Hagan de cuenta los farallones de La Pintada, Antioquia. Y ese par de moles inmensas me ponían a delirar: perdí el juicio y el sueño y la fiebre se me subía a la cabeza.

—Quedó usted entonces, maestro, improntado, como dicen los psicólogos, con ese par de tetas.

—Improntado o no, esas tetas incomparables se me volvieron idea fija. Una veracruzana de veinticinco años, morena y de tetas grandes se había convertido en el norte de todos mis anhelos.

Mas he aquí que un día a las cinco de la tarde (que fue cuando el torito Granadino mató de una cornada al hijueputa torero Ignacio Sánchez Mejías), esperando yo con Bruja a que saliera del horno el pan que me entero por un cliente de que el panadero se había ausentado de la ciudad: se había ido a cobrar una herencia a Chiapas, que queda en la puta mierda. «¡Alá es grande y Mahoma es su profeta!», me dije. Volví a las siete, sin mi perra, cuando estaba a punto de cerrar, y con ese tono perentorio que a veces me sale de lo más profundo de mis desesperaciones y que no admite réplica le ordené a la panadera:

—Cierra y vámonos.

Bajó la cortina metálica y la cerró con candado, caminó sumisa a mi lado hasta mi casa, entramos a mi cuarto, ¡y ahí fue Troya! ¡Qué delirio, por Dios, qué cópula! Si me alcanzaran las míseras palabras para contarlo... Que no se me vaya a quedar, Señor del Cielo Todopoderoso, lo vivido en lo externo como película pornográfica en que todo queda reducido a un pene erecto y grotesco que entra en una vagina porque en el cine lo interno no se ve al no poder entrar la cámara en las profundidades interiores a sentir lo que uno siente. ¡Ay, dizque el séptimo arte! ¡Qué pobreza de lenguaje la de ese embeleco que está durando más de la cuenta! ¡Güevones!

Le apliqué mi boca a la suya y mientras me quitaba ella desesperada la camisa y los pantalones yo desesperado le iba quitando la blusa y el brasier. ¡Y que se me vienen encima las dos moles! Me sepultó un alud de carne. Acto seguido tomé posesión con los labios y la lengua de esos farallones inefables.

—¿Y qué más? Diga, que me tiene en ascuas.

Entrelazados nos tumbamos sobre la cama, le quité apurado el calzoncito y la enchufé. ¡Qué preciso, qué precioso el embonamiento de las partes! Mi llave estaba hecha para esa cerradura. ¡Pum! Y que me dejo ir rumbo a los infiernos por el tobogán.

Como se comprenderá, con mis manos en sus senos, mi boca en su boca, mi pene en su vagina no me quedaba de esta suerte con qué taponarle el culo a la bestia. ¡Y qué importa! A la excelsa perfección nunca se llega.

—La hubiera puesto a mamar...

—¡Y cómo! ¡Y cuándo! Si mi fuerte es la simultaneidad... Detesto la sucesión.

Había entrado en el prodigioso hueco de tinieblas por entre sus oscuridades deslumbrantes. Como arenas movedizas, el caldo pantanoso en que pululan los infusorios me tragaba hacia sí jalándome, no digo que desde el Plioceno que es cuando surgieron los humanos... Desde mucho más atrás, más atrás, más atrás, desde el Cretácico, desde el Jurásico, desde el Triásico rumbo al fondo de lo más hondo de lo más hondo de los infiernos donde reina en su trono de porquería Nuestro Señor Satanás.

¿Qué quería la bestia? Mis espermatozoides. Esos renacuajos cabezones, obtusos, tercos como mi abuelo era lo que quería la bestia. Con uno solo de ellos le bastaba. Uno que le rompiera la cubierta a un óvulo.

Entonces, como ilumina un relámpago en la noche cerrada ese paisaje deslumbrante de montañas que se abre frente a nuestra finca La Cascada (que está en venta) y por el que serpentea abajo el río Cauca bordeando los farallones de La Pintada, entendí que el hombre no es más que una máquina ciega programada para eyacular en una vagina. Me había convertido en el dócil instrumento de unos designios perversos, arcanos, encarnados en esa mujercita veracruzana.

—¡Ay, ay, ay, gran marica! —me decía—. Con esta eyaculación vas a entregar el alma.

No. Sobreviví, si bien el chorro espasmódico imparable casi me vacía desde las entrañas... Nos levantamos de la cama chorreando engrudo. Gotas y gotas y gotas de ese pegamento blancuzco y dañino se le escurrían a mi cocelebrante por las piernas desde la rajadura perversa. ¡Un cirio pascual doliente llorando gruesas lágrimas de amargura por la pasión del Señor!

A juzgar por lo que veía, esa eyaculación fue cuando menos de cincuenta mililitros, como de toro o caballo. Corrí a lavar a la mujercita con lo que encontraba: con detergente, con vinagre, con lejía, con ácido muriático, con aguasal no fuera a quedar preñada la maldita y yo de cómplice del crimen máximo.

Y ahora, san Juan Pablito Segundo que estás en los cielos, saquemos cuentas de esa eyaculación prodigiosa: si en una normal van setecientos millones de espermatozoides, ¿en esa mía sin par cuántos irían? Yo digo que siete mil millones. Como para poblar desde cero este valle de lágrimas.

—Compadre: había vivido en el error la vida entera, quedé anonadado. Mea culpa.

Dos días después regresó de Chiapas el cornudo nadando en billetes, y con su panaderita arrecha se fue a vivir a Suiza no los fueran a secuestrar en México con tanta plata.

Yendo ayer por Junín rumbo al parque de Bolívar a ver muchachos, en la exacta mitad de la cuadra entre La Playa y Maracaibo, y después de veinte años por lo bajito, volví a sentir la felicidad. Me llegó en una brisa que sopló de repente en el calor, y que tomando posesión de este espejismo que llaman el alma me hizo latir con renovada fuerza el corazón. ¿Pero de dónde venía la brisa, si en Medellín el aire está encajonado por los edificios y las montañas? De mi juventud no porque fue desesperada. ¿Acaso de mi niñez? ¡Ay, por Dios, si mi niñez fue más aburrida y vacía que una eternidad en el cielo con el Padre Eterno! Al llegar a Maracaibo el espejismo se esfumó. «A ver cómo cruzo esta calle —me dije—, en medio de esta ralea y estos carros y estas motos que atropellan al que pase». De clase alta o clase baja, rico o pobre, culto o ignorante, bruto o inteligente, honorable o bellaco, cuando el colombiano toma un volante se vuelve un cafre. Raza de cafres malnacidos salidos de las vaginas de sus madres, ¿cuándo les va a tirar China una bomba atómica? Crucé la calle vivo y seguí vivo hasta Caracas, que es donde desemboca Junín en el parque de Bolívar. Ahí, en la esquina, in illo témpore abría sus puertas y ventanas a la pública murmuración el Café Miami. ¿Cómo es que se quemó ese café de maricas, vergüenza de Antioquia, donde el que mirara desde afuera se arriesgaba a ver adentro a un tío, un primo, un hijo, un sobrino, un hermano, el papá? En algún libro lo he contado, ¿pero en cuál? En las páginas de ese libro olvidado han de seguir bailando las llamas...

—¿Así que usted cree en la felicidad? ¿Según usted sí existe?

—Sí. Dura un instante. Haga de cuenta una eyaculación o un popper, o sea el nitrito de amilo, buenísimo para reventar corazones. Ni se le ocurra usar esa droga, ¿eh?, que no es para los viejitos.

Pues de esos efímeros instantes de felicidad quisiera tratar en el libro que le pienso dedicar a mi compadre, contando de paso en él lo que fue y ya no es y cómo ha cambiado de bastante el mundo y cómo era de mucho mejor antes. Pero para qué si eso son tópicos, lugares comunes, comida que mastica con su dentadura postiza un viejo calvo y sordo y anecdotero. Quédese mejor, compadre, sin su libro que el asunto no vale la pena, es demasiado esfuerzo para tan poca cosa.

—¡Qué va, maestro! Arranque, arranque. Háblenos por ejemplo de sus chulos en Madrid, que tanto placer le dieron.

—¡Ah! Eso sería como contar billetes frente a un pobre. Nunca lo hago. ¿Ve este gancho o prendedor con que me cierro el bolsillo derecho del pantalón? Es para que no me saquen la billetera.

—¿Y cómo fue que volvió a los muchachos después de esa experiencia tan gratificante *per orthodoxam viam?*

—Vaca vieja no olvida el portillo.

—¿Y no ha vuelto a pecar con veracruzana?

—Fíjese que no. Fue debut y despedida.

—Mire, mire qué culito el que va ahí, qué balanceo. Levántese y sígalo.

—¡Para qué! El que necesita vuelve. En esta banca me siento a esperar el amor de mi vida.

—A ver si le chispea una vez más la felicidad como quien dice.

—¡Claro! La esperanza es lo último que se pierde.

Esto ha cambiado mucho, para mal. Lo que cambia indefectiblemente se daña. Las braguetas, por ejemplo. ¿Para qué ponerles cierre a las braguetas, si con botones era más excitante? Y las sotanas. ¡Qué mayor placer para un cristiano que ama a Dios que irle abriendo la sotana a un seminarista adolescente botón por botón! Como contando avemarías de un rosario... ¡Pero qué! La humanidad novelera quiere cambio a como sea. Lo que sí no lograrán cambiar nunca, porque la tienen grabada en las neuronas, es la podredumbre reproductiva de esta especie. Y estos alcalduchos de Medellín construyendo metrobuses y teleféricos... ¡Para qué! Si lo que falta no es transporte, güevones, lo que sobra es gente. A darles píldoras abortivas a estas gallinas ponedoras y verán cómo vuelve el oxígeno a este valle.

—Permítame que le informe, maestro, para su actualización, que ya no se usan las sotanas: desaparecieron. Hoy lo que se ponen los seminaristas son calzoncillos Calvin Klein bien apretados.

—¿Y cómo sabe?

—Ah, yo también frecuento el seminario. O mejor dicho, los que quedan, porque como el cóndor de los Andes son especie en extinción.

—¡Qué lástima! Ya lo único que falta es que nos supriman el pecado del catecismo. El pecado mortal es el mejor levantapollas que haya inventado la evolución. Para los que creemos en Dios y amamos a Cristo sobran viagras. ¡Pastillitas a mí! Y que no salga de esta banca mi historia con la panadera que me desprestigio.

—Soy una tumba egipcia sellada por el secreto de confesión.

—¿Ese que viene ahí no es don Álvaro el jubilado?

—El mismo. Con su «gorila» de turno, que es como los llama. ¿Sí sabe que un gorila la otra vez casi lo desbarata y lo dejó como una silla desangarillada? Le tuvieron que reconstruir la pelvis y está lleno de tornillos y garfios. No puede pasar por los controles del aeropuerto porque se enloquecen las alarmas.

—Pobre... Don Alvarito, ¿cómo está? ¿Pichando mucho?

—Ahí hace uno lo que puede.

—¿Y cómo va ese apartamento divino que se compró a un lado de la basílica? ¿Le quedó bien restaurado?

—Hermoso. En un piso veinte, con siete terrazas florecidas de novios y geranios.

—Póngales rejas a esas terrazas no lo vayan a aventar por ahí los changos.

—¿Y ésos qué son?

—Los micos, los simios, sus gorilas. «Chango» en México es mico.

—Ah no, ellos a mí me quieren. Les doy banano en la mano.

—De todas formas cuídese. Que no lo vayan a tirar por un balcón que usted no sabe caer. Usted no es gato.

—Ya verá que no. Ciao.

—Ciao, ciao. A mí también, compadre, me gustan los negros del Pacífico. Son hermosos. Pero puros, ¿eh? Sin gota de blanco ni gota de indio, que los revoltijos no van conmigo.

—No me venga a decir ahora que no le gustan los mestizos.

—Por lo pronto no. Hoy quiero tinta china.

—¡Eh ave María, maestro! Usted sí se está volviendo muy caprichoso. Pero si quiere negros, llegó a donde hay. Aquí es lo que sobra. Como culebras en un rastrojo. Mire, ahí viene uno. Un negro más negro que un culo.

—¡Ey, moreno! ¿Adónde vas?

—Aquí dando la vuelta.

—Estás muy sexy, papacito. ¿Y qué llevás ahí?

—El chimbo.

—Ah, pensé que un celular... ¿Sí se te para?

—¡Claro!

—Ni tan claro. Yo ya no creo ni en lo que veo. Con los años he aprendido a desconfiar. Me han salido muchos espejismos. Date la vuelta a ver. ¡Huy, qué nalgotas!

Lo único bueno que tiene Colombia son los negros. El resto es podredumbre mezclada. Presidentuchos, alcalduchos... Y estos concejales rapaces que se pusieron sueldo. ¡Hideputas! Ahora cobran por robar.

—Hoy no me puedo ir con vos, negrito, estoy cargando la batería. Mañana. Aquí. A las doce.

—Dame entonces pa' desayunar.

—Tené pues, papacito, andá a que te sirvan un par de huevos crudos en jugo de naranja para que se te engarrote. ¡Ey, profesor Girafales, venga! ¡Cuándo es que me va a regalar la troca!

—Girafales no: Chamberlain. Como el primer ministro.

—¡Ay, como el primer ministro! Tan pinchado él... ¿Y dónde dejó a Dieguito?

—Me lo mataron. Unos paracos.

—¡Cómo!

—De esos reinsertados de Uribe.

—Si no tuviera seco el canal de las lágrimas, me pondría a llorar.

—¡Si no es para llorar! El niño ya descansó. ¿No es verdad, profesor? Nuestra Señora Muerte lo acogió en su seno. Pero pasemos a otra cosa. Háblenos, maestro, del Medellín de sus tiempos. De su esplendoroso ayer.

—Toda la pasión, todo el amor, toda la dicha para albergarlos en este corazón estrecho... Chucho Lopera, Esteban Vásquez, Jaime Ocampo, la Marquesa, la Macuá... Nos creíamos dueños del planeta y sus muchachos pero no. Éramos dueños tan sólo del instante fugaz, que se nos fue yendo...

—¿Y ya anotó a los que dice en su lista?

—¡Claro! Si están más muertos que la Muerte yerta... ¡Cuánto marica de alto vuelo no produjo esta ciudad! Como para esculpirlos en el pedestal de una estatua.

—¿Y a quién pondrían de estatua?

—Pues a mí. ¿A quién más? ¡Quién con más méritos! Si acaso don Argemiro Burgos, que vive y reina. Me regaló un mecánico de veintidós años, todo engrasado, limpiecito, hermoso. Le grabé un caset aquí, en el coconut, meando en pelota contra una pared como el perro de Lutero.

—¿Y en qué anda ahora, maestro, escribiendo qué?

—Mire, profesor, ya no escribimos nada. Lo último fue nuestra encíclica *Mutando legem mundi,* que se va a promulgar *urbi et orbi* no bien nos tengan listo el tinglado en Roma.

—¿Y de qué trata, si se puede saber?

—*Tempus Dei exstinctum est, delenda est Roma.*

—¡Magnífico! ¡Que acaben con la Ciudad Puta! Y si la Muerte mata a Dios, Dios es la Muerte, bendita sea. ¡Qué alivio descansar de esa teología mierdosa de Tomás de Aquino! Nunca la he enseñado en mi colegio.

—¿Que es cuál?

—El Jacinto Cruz Usma del barrio Manrique, que pongo a sus gratas órdenes: trescientos cincuenta angelitos que son demonios. Dios no es bueno, es malo, un especialista en desastres que nos manda terremotos, maremotos, ignorancia, fanatismo, hambrunas, presidentes, pestes, papas... *Malitia regit mundum.*

—Así es, el mal manda en el mundo. *Et cum Diabolus turpius excelsa descendisset, in culo calcitratus...*

—¡Qué malvado ese Viejo! Despeñar de una patada en el culo a Nuestro Señor Satanás, el *pater noster omnium peccatorum*... El que nos enseñó las sesenta y cuatro posiciones del *Kama Sutra* y a pecar por todos los agujeros... Con blanco, con negro, con indio, con cobrizo, con burro, en el patio, en el comedor, en la cocina, en el colegio, en la iglesia, en la cárcel, en el inodoro... ¡Cómo pudo atreverse el Otro a expulsarlo de su Reino! Ah viejo malvado, barbudo y dañino, no tenés perdón del cielo.

—*Cum iam moriendi tempus urgeret in inferno dormiens, non videns culum contusum eius...*

—Amén, así sea. Pero dígame una cosa, maestro: ¿cuando usted dice «yo» en sus novelas es usted?

—No, es un invento mío. Como yo. Yo también me inventé.

—¿Y qué opina de García Lorca?

—Que se pasó la vida cagando octosílabos asonantados, sonsonetudos.

—... octosílabos asonantados, sonsonetudos.

—¿Pero qué hace? ¿Lo anota?

—Sí. Para copiárselo mañana en el tablero a mis niños como tema de reflexión en mi clase de castellano.

—No queme pólvora en gallinazos que quitándonos a usted y a mí y a algún otro despistado esa mariquita taurófila ya no le interesa a nadie.

—No crea. Sí interesa. Como lo fusilaron... No hay muerto malo.

—¿Pero por qué anda tan descuidado? ¿Por la muerte de su muchacho? Usted antes siempre tan elegante... De gabán *nonchalant*, boina vasca, gasné...

—¿Qué es gasné?

—Le decimos «gasné» en México a una especie de bufanda.

—Para qué vestirse uno bien si en este parque lo único que importa es a quién tostaron ayer y a quién van a tostar hoy...

—Me estoy quedando sordo, me estoy quedando ciego y esta ciudad se está matando. Si por lo menos la desdicha ajena me alegrara... Pero no. Se suma a mi desgracia.

—Es que usted no tiene el alma podrida como esta ciudad, todavía no lo envenena el smog. Por eso le voy a regalar mi colegio, el Jacinto Cruz Usma en pelota y en bandeja de plata. Para que lo grabe en su descerebradero. Ciao.

—Vaya con Dios, Chamberlain. Que no le peguen un sida. Que no lo mate un paraco. Y que no me lo acometa, por Dios, el mal de Alzheimer y se le olviden sus promesas.

—Por supuesto que lo van a matar los paracos, por marica, ya se la sentenciaron, ¡como ellos son tan machos! Ahí va uno. Observe. Anda en la prostitución. Dando culo. Pero así no cuenta porque como es por necesidad y no por placer...

—Tan feíto el pobre, con razón mata...

—Ni se le ocurra llevárselo. Fíjese en la cara. Prototípico. Parece uno de los criminales de Lombroso. Microcefálico.

—Deje lo microcefálico: microfálico. Estos criminales la tienen chica y ni se les para.

—¿Y de dónde sacó eso?

—Por simple razonamiento, hombre Watson. Si la tuvieran grande no serían criminales pues la sociedad de tanto aplauso les habría mitigado los rencores.

—Hay excepciones.

—No me venga ahora con esa güevonada de las excepciones. Claro que las hay, en todo las hay. Pero la generalización es el recurso máximo de que dispone el hombre para orientarse en este caos. Por ejemplo: las azafatas de Air France son unas malcogidas. Alguna habrá entre ellas que sea una puta feliz, pero cuando lo descubran la echan.

—Siga su instinto, maestro, no nade contra la corriente que Dios lo hizo así. La vida es riesgo y sólo en la Muerte el hombre encuentra la seguridad ansiada.

—¡Claro! ¡Cuándo ha visto un muerto en peligro! O un muerto pecando. Dios es muy sabio y muy bueno y se conforma con poco. Lo único que quiere es que el hombre no peque. Para eso inventó a la Muerte: para librarlo de las tentaciones. Al muerto no lo perturba nada: ni los senos más grandes ni el chimbo más hermoso. Dichosos los esqueletos pelados por los gusanos porque ya están libres del hambre de la lujuria.

—*That's correct*. Están curados de antojos. Bienaventurados pues los seiscientos cincuenta muertos de su libreta.

—¡Cómo que seiscientos cincuenta! Más. Seiscientos setenta y cuatro en el momento en que hablamos sin contar a Dieguito que aún no anoto.

—¿Y cómo lo va a poner?

—Dieguito el del profesor.

—¡Valiente nombre! Con esas especificaciones tan bobas no le van a subastar la libreta en Sotheby's. ¡Carajo! Ahí vuelven estos niños a joder. ¿Qué quieren? ¿Plata? Hoy no hay. Mañana.

—Tenemos hambre.

—¡Qué originales!

—Es que estos políticos venales y estos curas estultos han educado a la población muy mal, en la comedera. El colombiano no come para vivir sino que vive para comer. Todo el tiempo tiene hambre. ¿Y qué quieren comer, niños?

—Pollo, carnita...

—Degenerados. Carnívoros. Comiéndose a los animales para después volverlos mierda. Pídanles a sus papás.

—No tengo.

—¡Cómo no vas a tener! ¿Entonces quién te engendró? ¿El Espíritu Santo en la concha aséptica de María Virgen?

—Mejor dicho sí tengo, pero no lo conozco.

—¿Cómo te llamás?

—Jonathan Alexander.

—¿Cómo se escribe Jonathan?

—Como sea.

—¿Y cuántos son en tu casa?

—Cinco hijos y mi mamá.

—Y sin papá.

—No. Con cinco papás: uno por cada hijo.

—Pero perdidos, maestro. Porque aquí la mamá queda, pero el papá se va: a putiar con otra en otro toldo.

—¿Y vos cómo te llamás?

—Stephen.

—Como Stephen Hawking, el agujero negro. Y en tu casa, ¿cuántos son los papás?

—Tres apenas. Uno mío y dos de mis dos hermanitos. Pero yo sí conocí al mío.

—¿Y dónde anda?

—Lo mataron.

—Va muy bien Colombia con el paraco Uribe: de culos rumbo al negro abismo. Tengan, niños, para que se compren dos conos en la heladería de enfrente.

—Gracias, cuchito.

—Pobrecitos... Tan hermositos... Ahí van con sus culitos por sus conitos... ¿Y qué quiere decir «cuchito»?

—Viejito.

—¿Viejito yo? ¡Ah hijueputica! Viejos los cerros, como dicen en México. ¡Pero mire a esos dos echando babaza por las fauces como unas fieras! ¿Qué se dicen, que no les entiendo?

—«Gonorrea», nuestro más flamante insulto desde que se devaluó «hijueputa». Aquí vuelven los niños.

—¡Qué machera de conos tan sabrosos!

—¿Cada cuánto vienen al parque, hombre Jonathan?

—Cuando conseguimos para el pasaje.

—¿Y no traen a sus hermanitos?

—¡Nooo! Nos los cacorrean...

—¿Y eso qué es?

—Les meten el pipí por detrás.

—¡Qué degenerados! ¿Y eso duele?

—Quién sabe... Adiós cuchitos que nos vamos, que se están matando esos dos pirobos a cuchillo. ¡A ver cuál cae!

—¿Y la policía? ¿Dónde está la policía que no la veo?

—En la esquina, maestro, en el CAI o Centro de Atención Inmediata haciéndose la paja. En un momento vienen a inspeccionar los cadáveres. Son policías bachilleres sin armas. Van armados tan sólo de un garrote.

—Pues estos niños de los conos, compadre, no tendrán papá, pero tienen mamá. Yo ni eso. ¡Cuánto hace que el par de hijueputas se murieron! Soy huérfano.

—Levante el ánimo, maestro, y las nalgas de la banca. Venga acompáñeme al CAI a pasarles revista a los policías bachilleres.

—De aquí no me muevo. Me siento en esta banca a esperar, que tarde que temprano Medellín entera, de uno en uno, todos, por aquí habrán de pasar. ¡Niños sin padre, hijos de una puta, escuchad al cuchito: en adelante vais a ser mis hijos, venid a mí!

—No me venga a decir que después de pasarse la vida recogiendo perros abandonados se va a poner ahora a recoger niños...

—Recojo lo que me llene el alma.

—¿Y qué piensa hacer con ellos? A ver. ¿Los va a amontonar en una casa, o qué? ¿No ve que son rebeldes? Se le escapan. Lo único que quieren es meter sacol, fumar basuco, alucinarse. No tienen redención. Déjelos que se mueran.

«¡Tan! ¡Tan! ¡Tan!» siguen diciendo las importunas campanas. ¿Qué están contando, la eternidad? Paren. Dejen vivir. Descansen. ¿No ven que asustan a las palomas?

—Estas campanas van a terminar por echarme del parque. No las aguanto.

—A palabras necias oídos sordos. No las oiga. Son los canónigos, que las ponen a sonar por joder.

—Un día de éstos entro a esa puta iglesia con una metralleta y fumigo.

—¡Para qué hablé! No dije nada.

—¡Buenas tardes, inspector, cómo va! ¿Muy feliz con sus dos amanticos?

—Usted lo ha dicho. Más feliz que conservador mamando del presupuesto.

—Tráigalos por aquí a ver. Preséntenoslos.

—¡Ni p'uel Putas! Me los quitan.

—¿Y se conocen ellos?

—Noooo. Ninguno sabe que el otro existe. Pero ambos saben que existo yo.

—¿Cuántos cadáveres es que levantó cuando era inspector en Bello? ¿Más de cien?

—¿Más de cien? ¡Miles! Uno diario y a veces dos y a veces tres. Veinte años levantando cadáveres en Bello y diez en Manrique, saque cuentas.

—Y de esos miles, ¿cuántas bellezas?

—Bastanticas.

—¿Y les hacía la autopsia?

—Yo no. Medicina legal. Pero cuando ameritaba sí iba a la morgue.

—¿A qué?

—A verlos en pelota.

—¡Qué envidia, inspector! Me hace chorrear las babas. No hay mejor sexo que con un muerto.

—¡Claro! Porque no protestan. La Muerte los liberó de los tabúes del barrio. ¡Ay, que por ahí no me la dejo meter! Güevones. Por ahí también les van a entrar los gusanos.

—No, inspector, está equivocado. Los gusanos no entran: están en uno.

—No, compadre, no le corrija al inspector que usted de biología no sabe. Los gusanos sí entran, vienen de afuera: son los huevos que ponen sobre el cadáver las moscas.

—¡Qué trabajo tan duro el del inspector, sobre todo cuando uno tiene sensibilidad social! Por más levantamientos de cadáveres que le toquen, uno nunca se acostumbra.

—¿Sabe cómo les dicen a los inspectores en Francia? Comisarios. En Francia usted sería el comisario Echeverri.

—Me gusta. Se oye bien.

Al inspector Echeverri lo cuento entre mis afectos porque fue amigo de mi hermano Silvio cuando éste era un muchachito. Después Silvio se mató, a los veinticinco años, de un tiro, pero de eso nunca hablo. Ni de la muerte de mi perra Argia, ni de la de mi perra Bruja, ni de la de mi perra Kim, ni la de mi perra Quina, a quienes tanto amé.

La otra noche soñé con Kim. Que iba a buscarla a donde la había dejado con otros perros jugando y que estaba oscureciendo y ella enlodada de pies a cabeza porque había llovido. Y que me saltaba encima, feliz de verme, empantanándome.

—¡Kimcita, mi amor, cuánto te amo! Nunca he dejado de quererte. Ni al amanecer, ni al anochecer, ni cuando brilla el sol, ni cuando cae la noche.

—¿Ni cuando se llegue la Muerte?

—Ni cuando se llegue la Muerte.

No me cabe en la cabeza que se mueran los animales. La gente no me importa, así se trate de un ser querido: está dentro del orden de las cosas. ¿Pero un perro? ¿Un caballo? ¿Un cerdo? ¿Una vaca? Tan humildes, tan desventurados… Se me hace una injusticia macabra del Monstruo de arriba que se mueran los que no conocieron la felicidad ni un instante.

—¿Y los perros malos? ¿También los quiere?

—Los que usted llama «perros malos» son los que han sido humanizados por sus dueños y por lo tanto han dejado de ser perros. En estos casos lo que procede es matar al perro y después al dueño. O al revés. El orden de los factores no altera el producto.

¡Qué bella la catedral y qué reconfortantes sus canónigos! Entro a veces en las tardes a hurtadillas a oírlos cantando vísperas. Un canónigo desentonado tratando de entonar es de lo más hermoso. Hagan de cuenta un niño aprendiendo a hablar. Pero la voz no les da. Bajan cuando hay que subir, suben cuando hay que bajar, se empinan pero no pueden. Lo que está en Do mayor lo cantan en Do menor y nacieron negados para el modo dórico. Carecen de la más mínima vergüenza melódica. Me conmueven. Y esas barrigas satisfechas, en paz con todo y con todos… Son los pobres de espíritu del evangelio. Viven bien, comen bien, duermen bien. Cantan de pie un ratico y después se sientan y así, arrellanados en las poltronas del presbiterio, mientras siguen desentonando sus latines se rascan las pelotas. Alguno se desconecta de la realidad y dormita, ronca: «Rrrrrr…» Como una tuba. En cuanto a mí, huyendo del sol de afuera entro a mendigarles un mendrugo de su dicha en la penumbra de las altas bóvedas. A las obras de misericordia del catecismo les falta una: darle sombra al que quema el sol. Esta Basílica Metropolitana de Medellín (y lo digo no sólo para los forasteros, que no tienen por qué saberlo, sino ante todo para mis ignorantes paisanos) es la iglesia más grande de ladrillo cocido que hayan levantado manos ociosas, y en tamaño bruto la séptima del mundo. Dios no está ahí, pero sí su vacío. En Medellín, que el sol calcina, la catedral es un oasis de frescura. La amo. ¡Qué bien cantan sus canónigos y qué bien suenan sus campanas! Se echan al vuelo y parto en estampida con las palomas.

—¿Qué lo hace tan feliz, maestro, que lo veo riéndose como bobito?

—A veces por ésas me da.

Si Kimcita hubiera conocido a Antioquia hubiera sido aun más feliz. Y a Santa Anita. Y a la abuela. Pero la finca Santa Anita la tumbaron y mi abuela se murió y me negué siempre a meter a mi niña en una jaula y que viajara sola, aterrada, en la bodega oscura de un avión mientras yo arriba en la cabina de los pasajeros me reventaba de la angustia. Con la muerte de Kim se me fue una de las dos últimas razones de vivir que me quedaban.

—¿Siendo cuál la otra?

—Que se muera Wojtyla.

—Por Dios, maestro, ¡cuánto hace que se murió esa alimaña!

—¡Ah, qué bueno! Entonces ya no me queda ninguna.

—Invénteselas. Venga, vamos al CAI que ahí va a encontrar el amor de su vida.

—De esta banca no me muevo, no me mueve ni un aguacero.

Que se suelte la lluvia de Antioquia con sus goterones que parecen piedras y la Muerte me descalabre y se me infecte la herida y cierro la libreta. ¡Qué novedosa muerte para una burguesa vida!

Esta raza empeñosa que levantó la catedral se dedicó en sus albores a la minería, a la arriería y al comercio de paños y telas. Mineros, arrieros y tenderos es pues lo que empezamos siendo, y todos temerosos de Dios (y con sobrada razón porque es el que manda los terremotos). Hilando Cronos en su rueca después nos volvimos manufactureros, y los paños y las telas que antes traían en sus recuas los arrieros comprados quién sabe dónde, los empezamos a fabricar nosotros en nuestras fábricas: en Coltejer, Fabricato, Tejicóndor, Vicuña, Pepalfa, Fatelares. Hasta que las trabas y los impuestos del gobierno y las exigencias de los sindicatos nos quebraron. Y a los que no nos quebró el gobierno o los sindicatos nos secuestraron y mataron nuestros secuestradores, que es lo que pasamos a producir, y en grande, junto con atracadores, narcotraficantes y sicarios. Para cerrar con broche de oro esta historia le hemos dado últimamente a Colombia un presidente: un culibajito con pinta de sacristán que tiene todo el tiempo a Dios y a la patria en la boca. Como es de voz débil pero de carácter fuerte, se empina y aprieta el culito para entonar. Pero le salen unos tonos añejos, vetustos, rancios, como los de los oradores de antes. Se diría una caricatura de nuestro lamentable ayer. Instalado en permanente reelección, todo indica que va a durar más que Castro. Es el suyo el primer culo de Colombia, ¡pero qué importa! Da lo mismo ése que cualquier otro.

Y ahora que ando en inventario general por cierre del negocio, paso a hacer la lista de mis más grandes amores: mi perra Argia, mi perra Bruja, mi perra Kim y mi perra Quina. Cuatro perras y ni un solo bípedo humano. Antes, pero mucho antes, cuando todavía no se me avinagraba el genio, encabezaba la lista mi abuela Raquel. Pero puesto que de ella proviene la condenada mujer de cuya perversa vagina salí para entrar en el horror de la vida, he decidido quitarla de mis afectos. Raquel Pizano, que un día fuiste el gran amor de mi vida, te borro de mi corazón, te tacho de mi memoria, te saco de mi lista. A lo único a que pueden aspirar este par de mujeres reproductoras es a que las ponga en mi *Libreta de los muertos,* donde hay de todo: ¡tengo hasta al asqueroso de Octavio Paz!

—A que no sabe, maestro, quién se murió anoche de un infarto después de dos años de que lo dejó tetrapléjico una embolia por comerse a los animales.

—No. ¡Quién! Hable. No me haga suspenso barato, no me tenga en vilo.

—Juan Manuel Santos.

—¡El ministro!

—No. Un homónimo. Otro asqueroso. Uno que estafó a medio Medellín con un «chance». ¿Sí lo recuerda?

—¡Claro! Gordito él, barrigón, medio marica.

—El mismo.

—¡Qué placer! Estoy poniendo muertos nuevos en mi libreta al ritmo de dos por semana.

—¿Nuevos nuevos? O nuevos viejos. O sea: ¿que se acaban de morir? ¿O que se murieron hace tiempo pero sólo hasta hoy usted se entera o los recuerda?

—De ambos.

—Al paso a que va va a llegar a ochocientos.

—Dios lo oiga. Pongo muertos, amados u odiados, con la misma dicha, dándome tumbos de alegría el corazón.

—Usted sí entendió bien la cosa. La Muerte no castiga: la Muerte premia. Al rico y al pobre por igual los tranquiliza.

—El muerto no necesita psiquiatra, tiene el alma en paz. O mejor dicho, no tiene alma. O mejor dicho, sí la tiene, pero tener alma y tenerla en paz es como no tenerla.

Y ahora pasemos a los entierros. ¿A cuántos he asistido? ¿A cien? ¿A mil? ¿A mil quinientos? A cinco apenas. No fui al de mi abuelo, ni fui al de mi abuela, no fui al de mi padre, ni fui al de mi madre, no fui al de mi hermano, ni fui al de mi hermana... No por no querer sino porque estaba ausente, en México, y todos ellos murieron en Colombia, donde vivieron y de donde no salieron. Quien repase con atención las veinte mil páginas de mis veinte libros se encontrará en ellas, aquí y allá, diseminados, dispersos, esos cinco escasos míseros entierros. Sobra por lo tanto repetirlos ahora, pero el asunto se reduce a esto: a que no puedo llevar una libreta de mis entierros.

¿Y de mis bienes? ¿Y a quién se los voy a dejar? Mis porcelanas de Sèvres, mi vajilla de Bavaria, mi cristalería de Bohemia, mi platería de Christofle, mis jarrones chinos, mis grabados japoneses, mis alfombras persas, mi kilim de Túnez, mi comedor Art Nouveau, mi dormitorio Art Deco, mi sala Chippendale, mi antesala Reina Ana, mis juegos de té, mis samovares, mis doce apóstoles, mis obispos coloniales, mis ángeles, mis arcángeles, mis biombos, mis candelabros, mis bandejas, mis charolas, mis incunables, mis bibelots, mis maricaditas, ¿a quién, por Dios, carajo, se los voy a dejar? ¿A mis sobrinos? ¡Pero ni un cenicero! Ni una bacinica olerán estos malnacidos en que puedan cagarse en mi recuerdo. A México voy a volver, sí, pero a quemar el apartamento y a que mi señor don Viento disperse las cenizas. Heredaréis el viento, hideputas.

—¿Y a España? ¿Piensa volver?

—Nunca.

—No diga nunca «nunca» que nunca es mucho: toda la eternidad. Vuelva, que allá hay muchachos muy hermosos: chicos, chavales en flor haciendo la «mili» y que se está perdiendo por aferrarse a una decisión descabellada. ¡A quién se le ocurre salir en defensa de la patria!

A un güevón. Si la patria no es capaz de defenderse sola, que se joda. El hombre se unió con otros en sociedad para beneficiarse de la unión, no para inmolarse en aras de una entelequia decimonónica. ¡Y cuál patria, a ver, de cuál hablamos! ¿De Colombia? Colombia es un matadero, el campo mejor minado para la Muerte. Invirtiendo los términos de esa verdad histórica de donde surge la única moral posible, la que se centra en el individuo concreto, único e irrepetible, el de aquí y ahora, les decía el gran bellaco de Kennedy a sus compatriotas en su discurso de toma de posesión de la presidencia: «And so, my fellow Americans: ask not what your country can do for you, ask what you can do for your country». Sólo que él, el

aprovechador solapado, el engañatontos, el masturba-
pueblos, desde el alto puesto que en los instantes mismos en que lo decía empezaba a ocupar, se estaba
beneficiando hasta el máximo y como nadie de lo que
podían hacer los Estados Unidos por alguien, por él,
por uno solo de sus ciudadanos: subirlo hasta lo más
alto. ¡Claro que Dios existe! ¡Qué bueno que lo mataron!

—¿No dijimos pues que la Muerte es una bendición? ¿En qué quedamos? Si no lo hubieran matado,
hoy el occiso sería un viejito encorvado, sordo, artrí-
tico, dispéptico, prostático...

—Y con el mal de Alzheimer, que fue el que le borró a Reagan de la memoria la infinidad de libros que
había leído: ni uno. Ni uno solo en su larga vida leyó
el zoquete, que se fue a la eternidad como vino al mundo, cual tábula rasa. ¡Qué papelón el que hizo esta vez
el mal de Alzheimer!

—¿Y usted, cuántos libros ha escrito, maestro?

—Veinte más el que relincha.

—¿Y cuyos títulos son?

—¡Ah caray! Eso sí es como preguntarle a la que
me parió los nombres de sus hijos. Tantos fueron
que se le olvidaron. Le iban saliendo de la vagina como conejos de la manga de un prestidigitador.

—Pues se me ocurre que a su *Libreta de los muertos* le puede poner al final un anexo con sus libros y la
lista de sus entierros.

—Fíjese que no porque se me desajusta el producto. ¡Cómo le voy a poner un anexo de cinco entierros
a ochocientos muertos! Usted sí no nació con el sentido del *pendant*. Menos mal que no es arquitecto.

—Pero dígame una cosa: cómo se debe decir: *¿Libreta de muertos?* ¿O *Libreta de los muertos?* ¿Qué es lo correcto?

—En los cuatrocientos millones de humanoides subdesarrollados que hoy se comunican por medio de este idioma envilecido y anglizado no hay uno, pero óigame bien, ni uno, que nos pueda resolver el asunto. Ninguno tiene la suficiente perspicacia gramatical para ver claro. Los que un día la tuvieron ya murieron.

—¿Y entonces qué hacemos?

—Hoy diga «de muertos» y mañana «de los». Y si no sabe con qué ve se escribe «viernes», ponga lunes.

—Nada pues les va a dejar de herencia a sus sobrinos. ¿Y qué le dejó a usted la que dice que lo parió?

—Su recuerdo envenenado.

—No, no piense así. Muerto que anote en su libreta se vuelve aséptico. Sin amores ni rencores, un simple muerto.

—¿Y cómo cree que procedo? Con la asepsia del cirujano cuando opera. A estas alturas del partido estoy vacío de amores y rencores. Los muertos de mi libreta ya dejaron atrás el proceso de putrefacción. Ni gusanos ni bacterias los pudren. Entraron a la quietud de la nada.

—Entonces ahora sí va a levitar.

—Es mucho. Me conformaría con resolver el enigma de La Gioconda. Yo digo que se sonríe porque se la metieron.

—La sonrisa que les falta a las azafatas de Air France...

—No me diga que también usted ha viajado con semejantes arpías por semejante transportadora de ganado.

—Nunca. Ni he firmado cartas diciendo que no vuelvo a España.

—Pues mientras mi carta sigue su curso las cabras españolas ya empezaron a desmoronar a los Pirineos con sus cascos. ¡Cuídate, Europa!

—Ahí vuelve el paraco. Mírelo, obsérvelo. Todo un prototipo de la criminología positivista de Lombroso.

—El hombre de pene pequeño produce desastres inmensos. Ejemplos: Mussolini, Napoleón...

—Por lo general.

—Por lo general no: siempre. ¡Y qué sería de Julieta de no haberse envenenado! Entamborada por Romeo, esperando bebé... Romeo... Julieta... ¡Qué nombres tan feos! ¡Y esos sonetos! Vaciando en un molde italiano los escupitajos del anglosajón. ¡Tan original el isleño! Shakespeare fue un dramaturgo truculento, sanguinolento, vesánico. Un lacayo ad honórem de la Muerte.

—Métase con Cristo si quiere, y con Mahoma, pues al final de cuentas ese par de alimañas han hecho mucho mal. Pero a Shakespeare no me lo toca. O me voy a enojar con usted.

—Proceda como le plazca. Y váyase de mi banca.

—¡Mi banca! Las bancas del parque no son de nadie, son de todos. Para eso las puso la Sociedad de Mejoras Públicas. Para que se sentara el que llegara cuando se le antojara.

—Pásese para la banca de enfrente donde no le da el sol. ¿Sí la ve? Aproveche que está vacía. Allá la estatua le hace sombra. ¡Ey, Chamberlain! ¿Cómo van mis muchachos del Cruz Usma?

—Floreciendo, envirilando, soltando polen.

—Venga, siéntese aquí en mi banca. A mi derecha. Del lado de mi corazón.

—¿Cuándo va por allá, maestro, para que me les hable a mis muchachos? Del tema que guste. Una conferencita, por ejemplo, sobre Shakespeare.

—«No me toques ese vals» como dicen en México, que el señor de aquí al lado se ofende.

—De lo que quiera entonces, contra el que quiera. Contra Benedicto Dieciséis, contra Benedicto Diecisiete, contra Benedicto Dieciocho, contra Benedicto Diecinueve, contra Benedicto Veinte, contra Benedicto Veintiuno, contra Benedicto Veintidós, contra Benedicto Veintitrés, contra Tomás de Aquino, contra Duns Scoto...

—De ir sería a hablar de tango.

—El tango ya se murió, aquí ya a nadie le importa.

—Por eso. Porque a nadie le importa.

—Ciento por ciento de acuerdo con el maestro. Que vaya al Jacinto Cruz Usma a hablar de tango que es lo que le canta el culo.

—Deje, compadre, que me mejore de esta gastritis que me produce el enano de la presidencia y vamos. Usted y yo. A darle apoyo moral a Chamberlain. Profesor: prepare a sus muchachos, cuente con nosotros. ¡Don Alvarito, qué honor, usted por el parque! ¿Quién fue el que esculpió la Venus de Milo?

—Pues Milo.

—Oiga, Chamberlain, invite también a don Álvaro a su colegio a hablarles a sus muchachos. De historia del arte. Van a salir hechos unas navajas de barbero afiladas en tira de cuero.

—¡Uf, qué calor, qué sofoco! Estoy que me les empeloto. En el próximo Corpus Christi, si de aquí a eso no llueve, me les trepo a la carroza más alta del desfile y les mando una lluvia de bendiciones.

—Vamos bien, por falta de ambición no pecamos. En este país el que no quiere ser presidente quiere ser papa.

—Total, cualquier marica hoy en día es papa. ¿O no, maestro? ¿Qué opina usted?

—Don Álvaro Jaramillo Echeverri Restrepo: lo que opino de usted es que es una persona admirable. Fue el primero en Medellín en vestirse de mujer.

—Pues claro, porque soy mujer.

Si Alvarito, mi amigo de tantos años, llega al papado, le sugeriré como nombre de combate «Lucifer». Lucifer, el que trae la luz. De «lux», luz; y «fero, fers, ferre, tuli, latum», traer. Lucifer I, un papa antirreproductivo, sodomita, que es lo que necesita el mundo. A ver si nos resarce del mucho daño hecho por sus predecesores.

—Maestro, no se haga ilusiones, que si san Álvaro llega al papado va a ser más tartufo que el de ahora, ¿que qué cree que es? ¿Pancho Villa? ¿Y sabe la última? ¡Tiene cáncer del mediastino!

—¿Y cómo supo?

—Ah, yo sé. La mafia de la Curia, que lo tapa todo, lo tiene oculto. Pero por un curita marica que les infiltré me enteré. Ya están los cardenales en plena guerra intestina desgarrándose las tripas. ¡A lamerle, cardenales, el culo al gran ayatola, el Espíritu Santo, que es el que elige, el que mueve al cónclave!

—Dios lo oiga, compadre. Y así serían seis los papas que enterré, habida cuenta que nací bajo Pío XII.

En una casa de la calle del Perú del barrio de Boston, a mitad de la cuadra subiendo, a la derecha, entre Rivón y Portocarrero, reinando Pío XII vine a este moridero. Pero ¡ay! sólo puedo poner a dos *reges mundi* en mi lista: Pablo VI y Juan Pablo II, que fueron los que vi con estos ojos. Los otros no llenan la segunda condición de mi libreta.

—Modifique las reglas.

—Más fácil sube la manzana de Newton en vez de caer. A ver, Alvarito: ¿cuál es que es la manzana de Newton?

—Pues la que tiene el hombre en la garganta. La que le sube y le baja cuando habla.

—Ésa es la manzana o nuez de Adán.

—¡Qué va a ser la de Adán una nuez o una manzana! Es una pera.

—Usted siempre con la respuesta pronta en la boca como criada mexicana haciéndonos marcianismo.

—¿Y eso qué es?

—La propiedad que tiene el mexicano de volver confuso lo que está claro.

—Ah...

—Y la de aumentar, sin irle ni venirle, el caos de este mundo. Por ejemplo: un conocido mío argentino que vive en la ciudad de México en un edificio elegante de dos elevadores (uno pequeño para la servidumbre que llega directamente a las cocinas y otro principal para los dueños que llega a los pasillos frente a las puertas de los apartamentos) le reprocha a su criada que cuando llega en las mañanas no tome el de la servidumbre como le ha pedido mil veces, no vaya a ser que al entrar lo encuentre en pelota pues indefectiblemente la ve llegar por el del pasillo. Y ella le responde: «Yo siempre tomo abajo el de la servidumbre, pero salgo arriba por el principal». Eso, Alvarito, es marcianismo. Entrar por un ascensor y salir por otro.

—Ah... ¡Qué bueno que me lo explica! Gracias. Me quedó muy claro.

Y aquí tienen vivito y coleando, en su vera efigie, a don Argemiro Burgos el rey, heredero de una tradición de mariquería y cacorrismo vernáculo que ha dado luminarias como Chucho Lopera y La Macuá. ¿Acompañado de quién? ¿De quiénes? De tres mecánicos.

—Y los tres, hermanos. Todos probados. Garantizados. De lo mejor que ha producido Antioquia. Ganado fino. John Jairo, John Edwin y Rómel Eduardo.

Por ese corpachón hoy rechoncho pero antaño esbelto de Argemiro han pasado abuelos, padres, hijos, nietos. Cuatro generaciones y un solo santo.

—Exacto. Y si quiere, póngalo en su próximo libro, que me honra.

—Así lo haré.

Ponderándome a Rómel Eduardo, es tal el tamaño de lo que tiene el muchacho que practica la *autofellatio,* y en una eyaculación que le filmó con el celular el chorro saltó de la cama a la pared. Que de no haberse atravesado la pared habría puesto en órbita sus maravillosos genes. Papa no tendremos ni habremos ganado un mundial de fútbol, ¡pero ya entramos en la carrera espacial!

Argemiro es generoso, bueno. No falta a misa un domingo, se confiesa y comulga. No habla mal del prójimo. Por donde va da limosnas. Se siente en deuda con su Creador, pero contento. Ha llegado a llevarse a su apartamento de Maturín con Mon y Velarde diez soldados juntos, que de preámbulo empelota y pone a orinar contra la pared. Y vive. Vive Dios. Han atentado, claro, contra su vida.

—Pero aquí estoy, dando guerra.

—Cuídese de todos modos, Argemiro, que nos hace mucha falta. No dé papaya.

—Vámonos, muchachos.

—Pues si este don Argemiro suyo se confiesa, va a dejar al cura de psiquiatra. ¿Y será posible quitarle los mecánicos? ¿O por lo menos el principal?

—Más fácil le arranca usted un pelo de la cola a un tigre. Tiene absoluto control sobre sus bienes. A mí, que soy su amigo, algún mendrugo de sus banquetes me cae. Cualquier zambito.

—¡Carajo! ¡Carajo! ¡Carajo! ¡Mataron al inspector!

—¡Pero cómo lo iban a matar, si ayer estaba vivo!

—Por eso, porque estaba vivo.

—Aquí le tiran a lo que se mueve. A una lora, a una paloma, a un inspector...

—¡Si no le tiraron! Lo acuchillaron. Lo encontraron acuchillado en el Hotel Tamanaco, desangrado. Entró a un cuarto con un muchacho a pichar mientras a otro cuarto entraban otros dos haciéndose pasar por clientes pero no, los tres estaban complotados: el muchacho que traía el inspector les abrió a los otros la puerta: entraron y lo cosieron a puñaladas.

—Entonces no fue acuchillado: fue apuñalado.

—Es igual.

—No es igual.

—Sí es igual.

—Que no.

—¡Que sí, carajo, y si no es qué importa! Con un punzón, con un puñal, con un cuchillo, con una lezna, con un estilete, con un picahielos, con lo que sea, el objeto cortopunzante entró y salió veinte veces.

—Eso es sevicia. ¿Y quién hizo el levantamiento del cadáver?

—Otro inspector.

Un inspector levantando el cadáver de otro inspector, ¿no se les hace raro? Es como un médico matando a otro médico. He ahí dos casos patentísimos que me hacen dudar de la cordura de la realidad.

—¿Qué número le toca al inspector en la libreta?

—El seiscientos ochenta y seis. Ah no, miento: el seiscientos ochenta y siete.

—Cuando usted nos falte, maestro, ¿quién nos va a inventariar?

—Otro inventariador surgirá. La sociedad produce lo que necesita y tiene lo que se merece.

¿Y qué es la Muerte pues? Es el sueño sin sueños. Con una diferencia sí pero tan pequeña que al fin de cuentas no cuenta: que en el sueño la maquinaria fisiológica sigue funcionando y con la Muerte deja de funcionar. ¡Y qué más da un corazón o unas tripas si lo que importa del hombre es el alma, el espejismo del alma! Unos instantes que pasan, unos recuerdos que quedan, otros recuerdos que se borran, una foto que envejece, un pasaporte que caduca, un idioma que cambia, una casa que tumban, una era que concluye, un tren que se va... Con la muerte del inspector se esfumó un espejismo y punto. Pasemos a otro muerto.

—Si la Muerte es el sueño sin sueños, entonces según usted nos morimos todas las noches.

—Sí.

—Y que se pare el corazón y se descarguen las tripas sin que volvamos a despertar jamás para lo que resta, para siempre, para nunca, como en una larga noche, ¿sería peccata minuta?

—Sí. Pero lo de la «larga noche» no me gusta, es un lugar común que no dije, lo dijo usted. No me lo atribuya. Ahora bien, que si quiere pasar ya de una vez a su larga noche, compadre, proceda cuando guste que lo anoto en mi libreta. En la ce: «Compadre mi». Mi compadre. Y observe que sigue sentado en mi banca.

—Usted no perdona.

—Perdonar lo que se dice perdonar no, pero olvido, que es igual. El mal de Alzheimer vuelve bondadoso al cristiano rencoroso.

Cuando se me murió la abuela creí que me moría. Cuando se me murió la Bruja creí que me moría. Cuando se me murió Darío creí que me moría. Pero no, pero sí, me morí sin morirme. Ahí van tres veces y apenas empiezo a contar. En cuanto a los del resto de la lista, con todos me he ido muriendo de a poquito. ¡Hasta con el bondadoso de Octavio Paz!

—¿Y qué tiene contra ese pobre anciano, un viejo con tetas de vieja que casi se quema?

—Nada. Que vi personificada en él a la Fealdad.

—Si a ésas vamos, anote entonces también a doña María Félix.

—No porque a ésa nunca la vi. Supe, sí, de sus exabruptos y desplantes y que no quiso a nadie, sólo a sus bienes.

99

—No hable por los demás que cada quien es muy complejo.

—Ni tanto. Además, después de ese viaje de hongos de Oaxaca que metí camino de Guanajuato, tal como capta un radio las ondas electromagnéticas que nadie sabe qué son pero que así se llaman, tengo la propiedad de leer las mentes. Mire, compadre: aquí en este parque, ahora, en este preciso instante, como un enjambre suspendido encima de nuestras cabezas zumban los pensamientos. Miles y miles de pensamientos salidos de los cerebros de quién sabe cuántos pero que usted no capta, ni nadie, aunque yo sí. ¿Le provoca un tintico? como mo dice esta raza marciana por decir «¿Gusta un café?»

—Buena idea, maestro.

—Señora: sírvale un tinto a mi compadre.

—¿Y a usted?

—A mí no, gracias. No tomo de esa aguachirle que venden en este parque. En el país del café nunca han tomado café.

—Maestro, qué mal hizo humillando a esa pobre mujer que se gana la vida de banca en banca vendiendo café vaciado de una greca que le quema las espaldas. Mírela cómo va, toda encorvada, tenga caridad cristiana.

—No hablé en particular. Hablé en general. Dije «en el país del café».

—No. Dijo «en este parque».

—Cuando dije «en este parque» significaba «en el país del café». ¿Es que se ensordeció? ¡O qué!

Además, aquí ya no va a haber café. ¿De dónde, si ya tumbaron los cafetales? Como no sea ignorancia, fanatismo, cerrazón del alma, el campo colombiano no produce nada. Y hoy por hoy lo único que exporta Colombia son colombianos para que le manden divisas ganadas en los Estados Unidos y Europa lavando los inodoros con el sudor de su frente. Y tras de que nos dejaron de herencia curas y tinterillos y se llevaron el oro, ¡nos pone visa España! Por eso la carta.

—No se amargue, hombre, maestro. Ni con Colombia, ni con España, ni con la humanidad. Coma, piche, disfrute.

—¡Si no me amargo! Son estas ganas de joder, este vacío, esta hijueputa desocupación tan grande que me llena el alma.

—Ponga también a doña María Félix en su libreta, que aunque no la vio con los ojos sí la conoció muy bien puesto que le leyó los pensamientos.

—No. No la pongo.

—Por cuanto se refiere al conocimiento de un prójimo, ¿leerle los pensamientos no es más que verlo?

—Sí, pero no la pongo. Y shhhh... Silencio que oigo una alharaca verde. ¡Están hablando los loros!

—¿Y hay posibilidad de leerles el pensamiento a los loros?

—¡Para qué, si cuando hablan son transparentes! Ahora están diciendo «¡Hijueputas!» Yo no, loritos, mi madre fue paridora pero no puta. ¡Ojalá!

La puta mientras no para es dama de mi más alta consideración. Le presta un servicio invaluable a la sociedad. Como los gallinazos. ¿Por qué despreciarla? ¿Por qué despreciarlos? El gallinazo o buitre es el ave más majestuosa que haya surcado los aires. Parece negro de alma, pero no. Es limpio, diáfano. Amo a los gallinazos. Y a las ratas.

—Con esos amores suyos tan raros no va a llegar a papa. Lo único que tiene que amar el papa es a la humanidad, que es la que le llena las arcas. ¿Cuándo ha visto usted a una rata pagando diezmos o dando limosna en misa? El cura pide para el obispo y el obispo gira a Roma. Eso es todo. Una jerarquía estricta, cerril, cerrada.

—¿Papa yo? No me veo. ¿Yo envuelto en pompa y oropeles? ¿Yo en silla gestatoria? ¿Yo congregando a la multitud? ¿Yo bendiciendo a la juventud? ¿Yo orando por la paz en la ONU? ¿Yo alucinando al rebaño? ¿Yo pontificando? ¿Yo canonizando? ¿Yo hablando ex cáthedra? Compadre, celular sí tengo pero no minutos: el tiempo se me acabó. Ya estoy muy viejo para papa.

—Nada de eso, no piense así. Hágale que mientras haya vida hay ilusión. Dígase en su interior: ¿Yo en los seminarios del planeta abriendo sotanas? La mejor manera de conjurar a la Muerte es negándola. Además, papa sabio ha de ser viejo. Los que llegan jóvenes al pontificado, como Wojtyla, se lo parrandean. ¿Vio cómo nos infló el santoral? Hoy gracias a ese atolondrado todo el que mea y caga es santo.

—No me miente a esa alimaña que estoy contento y me daña el día.

—¡Carajo! ¡Carajo! ¡Carajo! ¡Mataron a Chamberlain! Le pegaron cuatro plomazos con un changón en el Metrocable llegando al barrio Santo Domingo Savio.

—¡Cómo! ¿En el Metrocable? ¡Profanaron el Metrocable del alcalde Fajardo! ¡Ah hijueputas!

—Esta ciudad se putió.

—Sí Alvarito, usted lo ha dicho: esta ciudad se putió. Cuídese usted también que lo último que quisiera es ponerlo en mi libreta. Usted y el inspector son los únicos de mis amigos de antes que me quedan.

—¡Pero si al inspector ya lo mataron!

—Entonces sólo me quedás vos, Alvarito. ¡Quién iba a decirlo! Que íbamos a cerrar el espectáculo... ¿Te acordás de Chucho Lopera?

—Claro que me acuerdo. Lo mataron.

—¿Te acordás de Jaime Ocampo?

—Claro que me acuerdo. Lo mataron.

—¿Te acordás de La Macuá?

—Claro que me acuerdo. Lo mataron.

—¿Te acordás de Esteban Vásquez?

—Claro que me acuerdo. Lo mataron.

—¿Te acordás de La Marquesa?

—Claro que me acuerdo. Se mató.

—¿Cómo es que se llamaba el muchacho que andaba con La Marquesa?

—Lucas.

—¡Claro, Lucas! Más bruto él que Pastrana pero qué importa. Fornido, sexy, hermoso. Ha de estar hecho un viejito.

—Ni tanto. Se murió.

—¡Cómo! ¿Lucas se murió? ¡Qué feliz me hacés, Alvarito, con esa boca! ¡Otro muerto para mi libreta! A éste lo pongo en la ele: «Lucas el de La Marquesa». ¿Ve, compadre, lo que es tener amigos? De mis más cercanos amigos Alvarito es el más lejano: lo conocí siendo él casi un niño de teta. Argemiro, aunque está viejo, es reciente. Como usted, compadre, que lo conocí ¿hará cuánto? ¿Un mes? ¿Dos meses? ¿Un año?

—¿Y no se le hace una mezquindad a lo Octavio Paz alegrarse por la muerte ajena, maestro?

—Compadre, se equivoca, la muerte ajena no me alegra, me alegro porque el vivo descansó. No bien anoto a un muerto en mi libreta y lo empiezo a querer, así no lo haya determinado en vida. Digamos Octavio Paz. Octavio: qué hermoso fuiste, qué bondadoso, qué generoso, qué gran poeta. Yo soy los muertos de mi libreta.

—¡Carajo! ¡Carajo! ¡Carajo! ¡Mataron a Argemiro Burgos!

—¿Cuándo?

—Ayer.

—¿Dónde?

—En su apartamento.

—¿Cómo?

—A lamparazos.

—¿Quién?

—No se sabe. Dice la policía que más de uno. Que entre cinco y diez.

—¿En vida cuántos tuvo?

—Cinco mil por lo bajito.

—Cinco mil divididos por sesenta años ¿cuánto dan?

—Ochenta y tres punto treinta y tres por año. Digamos ochenta y cuatro.

—¿Apenas ochenta y cuatro? Fue un ermitaño, un santo.

Argemiro, dondequiera que te encuentres en la inmensidad: cuando este mundo cerril vea claro, con tu nombre bautizarán un cráter de Marte y la Iglesia te elevará a sus altares. Gracias por haber existido, como dirían aquí. ¡Pendejos!

104

—Séquese esas lágrimas, maestro. No llore.

—No lloro, es el smog.

—Aquí hasta el más vivo a la larga da papaya. Cualquier descuido es fatal, hay que vivir alerta. Cuídese maestro.

—Vos no hablés, Chamberlain, que estás muerto. ¡Te mataron por no cuidarte y dando consejos! Eso que dijiste antier, ¿por qué no lo pusiste en práctica ayer?

Cincuenta en la a, treinta en la be, cuarenta en la ce, quince en la ese, ni uno en la ka, ni uno en la equis, uno en la ye, tres en la zeta... ¡Qué inarmonía la de la Muerte! La Muerte no tiene el sentido del *pendant,* es una solemne chambona. Mata de la a, de la be, de la ce, como caiga, a la diabla. No me siento a gusto con mis muertos. ¡Qué error haberme metido en la libreta!

—El hombre nace para aprender y vivir es equivocarse. *Erro, ergo sum.* ¿O no, maestro?

—No me venga ahora con güevonadas que estoy muy nervioso. Siento un dolorcito a la izquierda que me irradia a la derecha. ¿Que qué? ¿Qué dijo que no le oí?

—No he dicho nada. Lo estoy oyendo.

—¿Cuál es el hospital que está más cerca?

—La Clínica Medellín, a dos cuadras.

—Pues por mí ahí seguirá la Clínica Medellín, a dos cuadras, porque de aquí no me muevo.

—¿Voy a la farmacia de carrera y le traigo algo?

—Sí. Una aspirina por si es un trombo. Y un vaso de agua. Hervida, ¿eh? Con dos hielitos. Y déjeme abierto el paraguas no me vayan a cagar de despedida las palomas.

¡Ah con las palomas! Hay gente que no las quiere. Piensan que son las ratas del aire. Yo no. Yo quiero a las ratas y quiero a las palomas. En cuanto a los loros, son mi felicidad. Cuando me fui de Medellín, de muchacho, eran especie en extinción, casi habían desaparecido. Cuando volví de viejo encontré el parque lleno. Pocas veces me ha dado la vida una alegría más grande.

—¿Cómo estás, maestro?

—Bien, ¿y vos, inspector?

—Aquí arrastrándola. ¿Por qué tenés el paraguas abierto?

—Por si llueve.

—¡Qué va a llover! ¿No ves que es veráno?

—Mierda, quiero decir, de las palomas. Por si llueve mierda de arriba pues maná nunca he visto. Ni le he visto la cara a Dios ni conozco el maná del cielo. ¿A qué sabrá? ¿A maní? ¿A pan ázimo? ¿A condón? Aquí viene este güevón de mi compadre con una aspirina y un vaso de agua.

—Lo pedido, maestro: aspirina y agua hervida con hielo, traídas como por correo exprés.

—Gracias, pero ya estoy bien. Me alegró volver a ver al inspector. ¡Me dio un gusto!

—¿Y el trombo?

—¿Cuál trombo?

—El que dijo que le iba a dar.

—A mí los trombos me los diluye la mala leche. A ver, inspector: ¿cuándo es que nos va a presentar a sus amanticos?

—Se los voy a presentar pues, pero primero uno y después el otro. Juntos no, porque no quiero que se conozcan.

—Perfecto. Usted me los presenta por separado y yo los junto.

—Ya veremos, que el tiempo diga.

Este inspector es un güevón. El día menos pensado lo matan.

Dondequiera que te halles, Argemiro el rey: ¿Colombia la obnubilada te reconocerá algún día como su hijo? Esos comandos que ponías a orinar contra la pared al unísono... Al unísono cual la unánime lluvia en la unánime noche de Borges... Si inventar y poner en circulación una palabra es una hazaña, ¿echar a andar una nueva aberración qué es? ¿Qué después de lo mucho que se ha contorsionado el bípedo andante desde que bajó del árbol? ¡Cuán feliz fuiste, Argemiro, con tus comandos pasándote por las armas! ¿Te darán en el cielo de Dios igual trato?

—Aquí vuelven Jonathan Alexander y Stephen Hawking. ¡Parceritos! ¡Lindos! ¡Qué tal! ¿Cómo van?

—Por aquí, cacorreando. Ganando el pan. ¿Van a dar pa' cono, o qué, cuchitos?

—¡Cómo! ¿Ya están en ésas? Tomen pues, vayan por sus conitos. Estos niños de las comunas se maduran y se pudren más rápido que un aguacate.

—Sí, maestro. Es la sociedad.

—O el trópico.

—¡Carajo! ¡Carajo! ¡Carajo! ¡Mataron a don Álvaro!

—¿Pero dónde, cuándo, cómo, quién?

—El donde, el cuando, el como, el quien no importan. ¡Lo que importa es que está muerto!

—Tampoco importa. Gente aquí es lo que sobra.

—Un gorila lo tiró por un balcón.

—¡Se lo dije! ¿Se acuerdan que lo pronostiqué?

107

—Lo que usted dijo es que lo iban a tirar de un piso veinte: lo tiraron de un quinto piso. Y no fue de su apartamento del parque: fue del de El Poblado: lujosísimo.

—¿Y qué importa el apartamento y qué importa el piso?

—¡Claro que importa! ¿Se imaginan cómo habría quedado de un piso veinte si del quinto quedó vuelto un nazareno? Volaron sobre el pavimento tornillos, tuercas y garfios...

—Un nazareno disperso...

—¿Y él qué era? ¿Activo o pasivo?

—Activamente pasivo.

—Pobre...

—Pobre no: descansó, como decía la que me parió cuando se enteraba de que murió alguno. Y he ahí la razón por la que tuvo veinte hijos: para que descansaran todos. Yo todavía no descanso.

—*La vita è bella, maestro, il vento soffia e l'uomo canta.*

—Eso sí. Es hermosa. Mientras no sea usted una vaca que acuchillan en un matadero. O un caballo arrastrando una carreta molido a palos bajo el sol rabioso.

—Defienda más bien a los niños pobres.

—Es lo que hago, los defiendo, les doy una función social: nacieron para la satisfacción sexual de sus mayores.

—¡Qué hijueputa es usted!

—¿Por qué hijueputa, si estoy defendiendo a los viejos? El viejo también tiene sus necesidades, sus imperativos categóricos, que diría Kant. Los viejos son el tesoro de la sociedad y están en todo su derecho de comer carne: humana.

Niños: Practicad la caridad con los viejos porque si mi señora Muerte no os recoge en el camino, a viejos llegaréis. Sembrad entonces hoy para que cosechéis mañana. Al niño que hoy abanica mañana otros lo abanicarán.

—Menos mal que está usted en país democrático. En Marruecos lo cuelgan.

—¿Y por qué me habrían de colgar, si Mahoma fue pederasta? A los cincuenta y nueve años se acostó con Aisha, de nueve. Si eso no es pederastia, ¿qué es? Mil quinientos millones de musulmanes me aman porque me entienden. Estoy con ustedes, musulmanes. ¡A quitarse las babuchas y a pichar!

Alvarito, Alvarito, ¿dónde estás? ¿En el cielo jugando cartas con San Pedro, jubilado por Dios? ¿De quién es que es la Venus de Milo?

—Pues de Milo.

—¿Y cómo va la remodelación de tu apartamento?

—Con infinitas dificultades porque ésta es una raza fundamentalmente perezosa. Pero ahí va. Me está quedando hermoso. Con siete terrazas sembradas de novios y geranios y trescientos sesenta y cinco grados de vista en redondo sobre la ciudad.

—Trescientos sesenta y cinco no, Alvarito: ésos son los días del año. La circunferencia sólo tiene trescientos sesenta grados, aquí y en todo el universo, y no hay poder humano o sobrehumano en todo el universo que le pueda aumentar ni un solo grado más.

—Entonces me va a tocar quitar una terraza y no voy a tener donde poner la fuente del niño con el pipí afuera orinando.

—Llevátela para tu finca de Barbosa.

—Me la roban.

—Vendela.

—No hay quien compre.

—Dásela entonces a una iglesia, y que la pongan de pila de agua bendita o de pila bautismal. Agua de Evian orinada por ángel. «Te bautizo en el nombre del Padre, del Hijo y del Espíritu Santo, peladito hermoso: crecé, envirilá, pichá y producí más».

—Eso sí puede ser. Para hacer méritos con El de Arriba, que es el más bondadoso. Ya sé que vos no creés. Pero yo sí.

Como tantos, Alvarito me atribuía descreencias que nunca tuve. ¡Claro que Dios existe! Es un monstruo. Y si El de Arriba es el más bondadoso, ¿para qué necesitaba Alvarito hacer méritos ante Él? ¡Ni que fuera el jefe de su oficina!

—Compadre: la muerte de mis amigos me destroza el corazón. No se me vaya a morir que aunque nuestra amistad es reciente ya lo quiero.

—Gracias, maestro. Me honra.

Ah, me encargó Argemiro que cuando se muriera y escribiera sobre él y sus hazañas lo pusiera con sus nombres y apellidos completos: Argemiro de Jesús Burgos Molina, que hoy descansa en la nada del Señor. También mi hermano Darío se llamaba «de Jesús»: Darío de Jesús etcétera, etcétera, etcétera. El mal de Alzheimer ya me borró los apellidos.

—¿Y qué le dejó su hermano de herencia?

—Su recuerdo desgarrado.

Más un diente roto que me desportilló de niño de una patada que le propinó a un vaso: la patada le dio

110

al vaso y el vaso a mi pobre diente. De adulto, cuando empezó a beber (todo enmarihuanado), pasaba de la alegría a la locura, de la locura a la violencia y de la violencia a la cárcel. A la Modelo fue a dar, la cárcel más tesa de Colombia donde caía lo peor de lo peor, por agarrarse a trancazos con la policía en una discoteca donde no lo dejaron cantar boleros. En uno de sus zafarranchos con la Ley al que me arrastró me apagaron un oído y me rompieron la cabeza con el resultado de que quedé ladeado del lado izquierdo. Pero soy de derecha. A la alcahuetería del pueblo indolente y paridor no le entro. Que le entren sus putas madres.

—¿Y el campesino? ¿Se salva o no se salva?

El campesino colombiano es lo peor de lo peor, la más dañina alimaña. Y la bondad natural de estas sabandijas el mito más descarado e impúdico que haya parido en su insania la mentira. Ellos llevaron a cabo la Violencia, la que se dejaron azuzar en sus podridas almas por los políticos, y no digo sembrar porque desde siempre la traían: los caseríos incendiados, los campos devastados, los ríos ensangrentados, los cuerpos decapitados... Liberales y conservadores bajándose a machetazos, en los idílicos campos de esta cristiana Arcadia, con cristiano amor, las cabezas. ¿Y todo por qué, para qué, a causa de qué? A causa de nada, para nada, por unos ideales ajenos retóricos, de relumbrón, que ni entendían, inventados por unos políticos rapaces en busca de la presidencia. Y pongo Violencia con mayúscula no por mayusculitis, de la que no padezco, sino porque así han bautizado nuestros historiadores a un período de la historia de Colombia: la Violencia. Eminentísimos historiadores colombianos como don

Jorge Orlando Melo y demás; Excelentísimo Señor Doctor Don Gran Hijueputa Presidente de Colombia; Señoras y Señores: Háganle extensivo el nombrecito que encontraron a toda la historia de la patria. No tapen, no se hagan, no mientan.

—Maestro: si así es usted en sano juicio, ¿cómo será con tragos?

—Un amor.

—Vamos entonces a tomarnos un aguardiente. ¡Parcero! Servinos dos.

—¿Con qué los pasan?

—Con otros dos.

—Muy bien contestado, maestro: con otros dos. ¿Y por quién brindamos? ¿Por Colombia?

—Que sea pues. Por Colombia. Que viva mucho y muera pronto. Quiero decir: que tenga una muerte rápida y no sufra. Compadre, preste atención que voy a tocar el piano.

Teníamos en Santa Anita una pianola que desventramos un día para sacarle las tripas de la autosuficiencia y volverla piano. Un piano sumiso a mis manos. Pues a ese piano me le vuelvo a sentar ahora, con este primer aguardiente, a tocar hoy como ayer cuando era niño el preludio «de la gota de agua» de Chopin. Ahí le va. Tata tata tata tata tata, gota tras gota tras gota la melodía indecisa avanzando sobre un tatata tatata tatata tatata... ¡Pero qué! Me interrumpen. ¡Carajo! ¿Quién? Una voz destemplada que grita desde el comedor de Santa Anita:

—¡Niños! ¡Dejen de joder con el piano que lo desafinan! ¡Carajo!

¿Quién es? ¿Quién fue? El abuelo.

—Abuelo: no es un piano: es una ex pianola. Y no estoy tocando a Schönberg: estoy tocando a Chopin.

Creía en su ignorancia y sordera mi abuelo que Chopin era ruido, Schönberg, pero no. Era música. No tenía el pobre viejo el sentido de lo vago, lo indeciso, el ir y venir de los grados y las tonalidades, y para él la música tenía que ser tónica, dominante, tónica, dominante, sin siquiera subdominante y menos segundo grado, tercer grado, sexto grado, sensible y ni se diga modulación. No. Una música unívoca, vacía en su esencia, monótona, gris. Como un matrimonio fiel que ya dura sesenta años. Abuelo: me jodiste el alma. Por tu culpa Colombia no le dio al mundo otro Mozart.

—En mi larga vida, compadre, no he compuesto no digo un impromptu: ni un bolero. Uno bien hermoso que le sacara lágrimas a usted y lo pusiera a tomar aguardiente. ¡Parcero! Más de lo mismo. Otros dos.

—¿Con qué pasante?

—Ya sabés. Con otros dos.

Por su pequeñez de corazón o micromegalia, lo único que se merece Colombia son pasillos y bambucos bobalicones en Do mayor con sólo tónica y dominante, tónica y dominante, tónica y dominante. Hombre y mujer, hombre y mujer, hombre y mujer... ¡Ay, tan variados ellos, el país de la coca!

Y sin embargo debo reconocerle a Air France que le debo a Gluck. Mientras una de sus malcogidas me vaciaba encima una Coca Cola por odio, que empiezo a oír en los audífonos las «Divinités du Styx» de *Alceste*. En ese instante me desdoblé, salí de la cabina levitando, y entrando en el espacio eterno empecé a volar.

113

El avión iba volando sobre las nubes y yo sobre el avión transfigurado.

—¿Y Schubert? ¿Le gusta también?

—Más que me gusta: lo amo. Como él a sus niñitos. ¡Cómo va a ser Schubert un pederasta, si murió a los treinta y un años! Era un chamaco, un pibe, un chavo, un chico, un rapaz, un mocoso... Un culicagado, como dicen tan sabiamente ustedes los del país de la coca. ¡Parcero! Más de lo mismo con lo mismo.

—¿Cuántos llevamos, maestro, diez?

—No le cuente en Colombia los tragos a un borracho porque se le enloquece y le quema la casa.

—¡Qué bueno verlo optimista y feliz! Sírvanos pues, parcero, otros dos con sus pasantes.

Kimcita: no puedo vivir sin ti, eras lo último que me quedaba. Tu vacío no es material ni moral, es total, sin principio ni fin, sin resquicios ni costuras, inconsútil, eterno, simultáneo, más grande que el universo... ¿Y de qué tamaño habría sido si me hubieras querido como te quise? ¿Por qué te fuiste? Nunca me quisiste, perra mala.

—¡Maestro! ¿Ya le dio por llorar? Usted pasa de la felicidad a la desdicha.

—No lloro, es el smog. Caótico, atonal, desquiciado por la trisdecafobia, Schönberg era de un cacorrismo dodecafónico más feo que Íngrid Betancourt.

—¿Tiene algo contra esa mujer?

—Contra ella nada. Contra su fealdad. Se parece a la Muerte.

—No insulte, maestro, a la Muerte que la Muerte no miente y la que usted nombra es la personificación de la mentira.

—Retiro entonces la comparación. Más fea que...
A ver, recíteme algún verso de Octavio Paz.

—No me los sé.

—Hace bien. No hay que recargar de mierda la
memoria. Y no me vaya a salir ahora con las cons-
trucciones arquitectónicas del caganotas de Bach.
Le voy a cantar a José Alfredo. Ahí le va. «Ando borracho, ando tomado porque el destino cambió mi
suerte». ¡Yajajajajajajajajá! Voy a orinar contra ese
palo.

—A ver si no vienen los policías bachilleres...

—¡Que vengan! Los ponemos también a orinar
contra el palo. Otra vez el dolorcito en el pecho...

—¿De izquierda a derecha? ¿O de derecha a izquierda?

—De derecha a izquierda.

—Entonces no es infarto. Salvo que tuviera el corazón del otro lado, del derecho... *Dextrocardia fami-
liaris:* enfermedad congénita provocada por una exa-
cerbación en su familia del odio al pueblo y amor al
partido conservador y a Dios.

—Me dieron ganas de vomitar.

—Vomite, que el hombre nace cagando. Ahí tiene
la estatua. ¿Pero qué va a vomitar, si no ha comido en
semanas?

—¡Si no es comida lo que quiero vomitar! Es a
Colombia, a mi familia, al loco Cristo... Toda esta
mentira nauseabunda que me metieron adentro y que
me está envenenando las tripas.

—Déjeme lo ausculto.

—Hágale. ¿Qué oye?

—Nada.

—¿Nada?

—Nada. A ver le tomo el pulso. ¡Shhhh! Sin pulso. Cero pulsaciones por minuto. Muerto. Ah no, miento. Oigo un ruidito aquí. Como una crepitación... Es un roce pericárdico. ¿No siente una especie de opresión o ahogo, maestro?

—Sí.

—Angor pectoris retroesternal, isquemia al miocardio. Se puede aliviar con reposo, con trinitrina, con alcohol o con maniobras de Valsalva. Usted escoge.

—Alcohol. No me deje enterrar vivo que con un aguardiente resucito.

—Tómese otro pues.

—¿Sí ve?

—De veras. Notable. De nuevo le brillan los ojos. ¡Aleluya! ¡Resucitó el maestro! ¡Como Cristo!

¡Tan! ¡Tan! ¡Tan! Ya empezaron otra vez las cacorras campanas a mamar gallo. ¿Tocan a muerto? ¿O a resucitado?

—Nunca le diga que no a una invitación de la Muerte, compadre. Usted se puede zafar de mi Señora una, dos o tres veces, pero no más. Tarde que temprano se tiene que ir a dormir con ella.

—¡Claro! Hay que dejarse llevar.

Me dejo pero no me lleva. Como tampoco se quería llevar a Elenita, mi tía abuela.

—Elenita: tenés reumatismo, artritis, diabetes, sordera, ceguera... Ya ni te podés mover de tan gorda, no te levanta una grúa, pesás más que una vaca. ¿Por qué no te dejás morir? ¿Es que no querés?

—Yo sí quiero, pero Dios no me lleva.

—Rezale a ver.

Ella sí rezaba pero Dios no se la llevaba, lo que quería era que sufriera. Entonces le cortamos la insulina y santo remedio. ¡A la puta mierda Dios! Elenita se murió, pero yo casi me muero con ella, de dolor. La velamos en la sala de mi casa, la cremamos en la funeraria de la esquina y enterramos sus cenizas en los Campos de Paz, que están por el aeropuerto (¡como si los muertos se fueran en avión!). Pero aquí seguís viva, Elenita, en este corazón maltrecho que te quiere, desgarrándomelo. «Ay, ay, ay, me duele aquí, me duele allí», se quejaba día y noche. Tenía todas las enfermedades habidas y por haber: diabetes, tuberculosis, lepra, sida... Era infeliz las veinticuatro horas del día sin un instante de reposo. Su mamá, mi bisabuela, le impidió que se casara con Roberto Gómez a quien ella amaba, aduciendo que el muchacho era un bebedor empedernido. Se casó entonces, de dieciséis años, con Alfredo Escalante, un abogado sin título o «rábula» que le llevaba entre cincuenta y cien, lisiado del brazo derecho por un balazo que le pegaron los conservadores en la Guerra de los Mil Días y que lo dejó firmando con la mano izquierda: un garabato. Elenita nunca fue feliz. Y por su culpa yo no he podido serlo. La infelicidad ajena es mi desdicha.

—¿Y no tuvo hijos que la consolaran su Elenita?

—No. Murió virgen. Y sólo la quise yo, aunque ella no me quiso a mí: Roberto Gómez le había copado por completo el corazón.

Cuando murió Alfredo Escalante, Roberto vino a buscarla. Pero ya era tarde. Él era un hombre casado y con hijos y ella una mujer cristiana: una víctima más pues, como quien dice, del Señor. Le contestó que no. Ahora sí, definitivamente, el tren de la felicidad se les había ido. «¡Uuuu! ¡Uuuu! ¡Uuuu!» se fue diciendo el hijueputa, burlándose de los dos. Y «fin», se acabó la película.

—¿Y cómo se llamaba su bisabuela?

—Como mi abuela: Raquel. Pero le decían «Raquelita» para distinguirla de ésta.

Raquel Upegui, bisabuela: le jodiste la vida a tu hija, vieja estúpida. Por tu culpa Elenita fue infeliz. Y por culpa de Dios también. A ver, ¿cuántas mujeres tenés? ¡Lambeculos de ayatola! ¡Mahometano! ¡Polígamo! ¡Viejo cacorro! Dizque el Padre Eterno... Compadre: recemos los barrios de tolerancia de Medellín que murieron, ahora que está anocheciendo.

—Hágale pues.

—Barrio de Lovaina.

—*Requiescat in pace.*

—Barrio de Guayaquil.

—*Requiescat in pace.*

—Curva del Bosque.

—*Requiescat in pace.*

—Barrio Antioquia.

—*Requiescat in pace.*

—Barrio Las Camelias.

—*Requiescat in pace.*

—¡Qué paz! ¡Sopla la brisa! Cuando rezo descanso, y si vomito le abro campo al aguardiente.

—Pero vámonos, maestro, que no bien oscurece y esto se pone teso.

—De esta banca no me muevo. Y me tomo otro. ¡Alvarito! ¡Alvarito! ¡Alvarito! ¡Salud! Por vos.

—¿Qué le pasó al maestro que lo veo tan eufórico?

—Que se le subieron los tragos. Se emborrachó.

—¿Borracho yo? Borracho el bailarín que gira. Alvarito: ¿te acordás de mi abuela?

—Sí.

—¿Y de Elenita, mi tía abuela?

—También.

—¿Y de Santa Anita, la finca?

—También.

—A ver: ¿dónde estaba?

—Pues entre Envigado y Sabaneta.

—Muy bien contestado, jovencito. Decime ahora de qué te acordás, cuando fuiste, hacé memoria.

—Que llegamos todos borrachos en una camioneta repleta de muchachos y yo vestido de mujer. Divina. Y mientras ustedes seguían la rasca en el corredor, yo me puse a conversar con tus dos viejitas en la sala meciéndonos en unas mecedoras.

—¿A conversar de qué, Alvarito?

—De recetas y macetas y radionovelas. Creyeron que era tu novia.

—Ay, m'hijito, te me vas a casar —me decía después la abuela entre dichosa y desconsolada.

—Sí, abuelita: con un muchacho.

Pero ella oía «con una muchacha». La gente siempre cree que oyó mal y acomodan la realidad en su interior a su antojo.

Dondequiera que estés, abuela, en la infinita nada: sigo soltero, no me casé, ni con hombre ni con mujer. Se me fueron pasando los días y las noches, los meses y los años, y ya me tiene puesto el ojo la de pocas palabras, la Parca.

119

—Maestro, vámonos que anocheció y este parque a oscuras se vuelve un campo minado y no hay por donde andar: puro atracador, asesino, travesti...

Tin Tan. Tin Tan. Tin Tan. ¿Qué horas está dando el reloj de muro del comedor de Santa Anita? Las tres y sopla la brisa: viene de Itagüí, de Caldas y las montañas, llega por el corredor, pasa a la sala, sigue hasta el comedor, me hace caricias en la cara...

—¿Sabe a quién me recuerda este presidentuchito? A Viruta y Capulina, a Borolas, a Cantinflas, a Resortes, a Calambres, a Mantequilla, a Clavillazo, a Tin Tan. ¿Qué horas son?

—Las ocho y oscuridad cerrada.

—Las ocho no, son las tres, oiga y verá: «Tin Tan, Tin Tan, Tin Tan». Las tres de la tarde, hora de Colombia, según nos dice el reloj de pared de Santa Anita que no falla, y los que me pudieran salvar ya no están: mi perra Argia, mi perra Bruja, mi perra Kim, mi perra Quina, mi abuela Raquel, mi perro Capitán. Me olvidaron, me dejaron, se me fueron con la Muerte.

—Se fueron no, maestro: la Muerte se los llevó a la brava. ¿O usted cree que se fueron por su gusto? Por su propio gusto se irá usted algún día, pero ellos no. ¿Y cómo dejó a México? ¿Sigue rebuznando Fox?

—¿Cuál Fox?

—Pues el asno Fox.

—Le perdí la pista. Averígüeme en Internet si ya murió para ponerlo en la libreta.

—No me diga que lo conoció... ¿Cómo era? ¿Flaco o gordo? ¿Pesado o esbelto? ¿Alto o bajito?

—Con botas de marica y sombrerón. Lo vi de lejos por la Avenida Insurgentes en campaña, a caba-

120

llo, presidiendo una cabalgata. ¿Se imagina a un asno cabalgando un caballo? México es más loco que esto. Hace mucho pero mucho que allá la realidad se les enloqueció. Por eso me vine, ¿o por qué cree? Tan tan, toco madera. Y me voy a cambiar a tequila que este aguardiente es una porquería. Vámonos de este parque.

—Se está cayendo, maestro, no va a poder. Vuelva a sentarse y respire hondo.

—Así que puro atracador, asesino, travesti... ¿Y no habrá por ahí algún negro suelto?

—Maestro, los negros en la noche no se ven. Va a tener que esperar a que amanezca.

—«La negra noche tendió su manto, surgió la niebla, murió la luz, y en las tinieblas de mi alma triste, como una estrella, brotaste tú». Canta el doctor Alfonso Ortiz Tirado, que le encantaba a mi abuela. ¡Qué hermoso!

—Su abuela ya no está, entró en la eternidad.

—No hable bobadas que la eternidad no existe, es un concepto vacío, huero, vacuo: un mamarracho mental. Como Dios, el Padre Eterno. ¡A ver! ¿Padre de quién? ¿Del Hijo? Y si tuvo hijo, ¿por qué el Hijo no le dio nietos? ¡Ah Hijo despilfarrador, conque eyaculando *in vacuo!* Te voy a acusar con Pablo Sexto.

—La eternidad es un tiempo ilímite.

—El tiempo es otro engendro mental. No existe. No hay pasado ni futuro, sólo presente, el aquí y ahora. Y si sólo hay presente, sobran entonces las otras dos entidades ociosas. No se enrede, compadre, con metafísicas, y no confunda el aguardiente con el tequila ni la mierda con la pomada.

121

—¿Y el vacío? ¿Y la nada?

—El vacío es la nada. Y la nada es menos que nada. Piche, compadre, que esto se acabó y la descarga mental es lo único que salva al hombre.

El reloj de muro de Santa Anita ¿adónde habrá ido a parar? ¡Si pudiera recuperarlo! Para que me contara mis últimos instantes invocando a Tin Tan: «Tin Tan, Tin Tan, Tin Tan...» Tenía arriba, sobre la caja, un caballito blanco de mármol, hermoso.

—¿Y cuánto dura el presente, según usted? ¿Una millonésima de segundo? ¿Una bimillonésima?

—Mañana lo medimos, compadre, con un reloj de cesio. Un segundo medido con el reloj de cesio son 9.192.631.770 ciclos de la radiación asociada a la transición hiperfina desde el estado de reposo del isótopo 133 de dicho elemento. Si el presente fuera una millonésima de segundo, entonces dividiendo nueve mil ciento noventa y dos millones seiscientos treinta y un mil setecientos setenta por un millón tenemos nueve mil ciento noventa y dos ciclos más una fracción de seiscientos treinta y un mil setecientos setentavos de ciclo.

—Eso si fuera una millonésima. ¿Y si fuera una bimillonésima?

—Ante todo: ¿qué entiende usted por billón? ¿Un millón de millones como en Hispanoamérica y España? ¿O sólo mil millones como en los Estados Unidos e Inglaterra?

—Como en Hispanoamérica.

—Entonces tenemos nueve mil ciento noventa y dos millones seiscientos treinta y un mil setecientos setenta dividido por un uno seguido de doce ceros, y nos da: cero coma cero nueve uno nueve dos seis tres uno siete siete cero.

—Y si en vez de una bimillonésima fuera una trimillonésima, ¿cuánto sería el presente en fracciones de segundo?

—Todo depende de lo que entendamos por trillón. ¿Un millón de billones? ¿O un billón de billones?

—Me está emborrachando con tanto cero. Siento náuseas.

—No es borrachera, es la realidad, la nauseabunda realidad, la vomitiva existencia. La única forma de medir el presente, puesto que el segundo no sirve ni el reloj de cesio, es poniendo el oído izquierdo sobre el corazón de Cronos. Mi padre. El único que reconozco. El que me engendró en la Nada, la loca Nada, la puta Nada, la que me parió.

Y el que no quiere tomar, que no tome; y el que se quiere ir, que se vaya; y el que se quiere caer, que se caiga, que yo subo, asciendo, mientras el populacho se hunde más y más y más y más en su abyección. ¡Ay, dizque Medellín la bella con su eterna primavera y su Feria de las Flores! ¡Cuál feria, cuáles flores! La cabalgata de la chusmamierda. La felicidad del pueblo me ofende. Es como si me dieran un bofetón en la cara.

—Perdónelos, maestro, porque no saben lo que hacen.

Iba Aníbal, mi hermano, en su jeep camino de la universidad donde enseñaba, en medio del carrerío mañanero, cuando llegando al Punto Cero (el puente desde donde cae la plomada que marca el centro de la ciudad) que ve que los carros que van adelante le sa-

123

can el cuerpo a algo, a una mancha roja: a un perro atropellado, moribundo, ensangrentado. Aníbal frenó en seco y se bajó del jeep mientras los otros carros maniobraban para obviarlo mentándole la madre. ¿Qué hacer? ¿Subir al perro al jeep? Desesperado empezó a hacer señas para que los de los otros carros pararan y lo ayudaran. Nadie paraba. Nadie ayudaba. Eran las siete de la mañana y todos iban apurados al trabajo. Aníbal se arrodilló en el pavimento y sus ojos se cruzaron con los del perro, que lo miraba suplicante. Como pudo lo levantó y lo subió al jeep, aullando el perro de dolor. En ese instante, siete de la mañana, hora de Colombia la Gran Puta, en medio de un carrerío, ensangrentado, la vida de mi hermano cambió: se había echado sobre sus hombros todo el dolor de la tierra. Hasta ese instante su vida había sido una: en adelante fue otra. Había descubierto el dolor de los animales. Buscando dónde le atendieran al perro (o más exactamente, dónde se lo ayudaban a morir pues ya no tenía salvación), fue a dar a la Sociedad Protectora de Animales de Medellín, un desastre, un infierno: el infierno que se echó a cuestas por el resto de sus días. Llevo años tratando de contar esa historia que empieza en el Punto Cero y que sigue en la Sociedad Protectora de Animales de Medellín y no he podido. Y no podré. Demasiado cerrada la noche y este parque se deteriora instante por instante.

—Compadre, me entró un conflicto: ¿pongo en mi libreta a Germán Colmenares y a Cabrera Infante, que ya murieron y figuran con la cruz en Internet?

—¡Póngalos! ¿Cuál es el problema, si ya murieron? *Mortuus est qui non resollat.*

—Es que nunca los vi. Tan sólo hablé con ellos por teléfono. A larga distancia. Desde México. Me costó un platal.

—Con mayor razón, si le costó un platal, los debe poner. Ningún conflicto. Póngalos que oír también es una forma de conocer, aunque sea a larga distancia. Oír a larga distancia es como ver con telescopio.

—¿Y no es trampearle a la Muerte?

—¡Qué va a ser! La Muerte se ríe de esas bobadas.

—Voy a poner entonces también a nuestros barrios de tolerancia, que ya murieron. Recémoslos a ver.

—Ya los pusimos, ya los rezamos.

—Entonces vamos a declinar a la Muerte. *Mors, mortis,* la Muerte, hija de la Noche y el Erebo, de la tercera declinación. Ahí le va: *mors, mors, mortem, mortis, morti, morte.*

—Eso en singular. ¿Y en plural?

—*Mortes, mortes, mortes, mortium, mortibus, mortibus.*

—¿Y morir?

—*Morior, mortuus sum, mori, moriturus, moritura, moriturum.*

—¡Maestro, usted es un verraco, sabe latín! Se va a ir a celebrar misa al cielo.

—Pues con la muerte de nuestros barrios de tolerancia, ay, compadre («estos, Fabio, ay dolor, que ves ahora, campos de soledad, mustio collado, fueron un tiempo Itálica famosa»), se nos murió también en Medellín el concepto de puta, pues ninguna es puta si todas lo son. Concepto de puta: requiéscat in pace. Compadre: me duele el corazón.

—¿Otra vez? ¡Por qué no se tomó la aspirina! ¿Sí ve? No quiso.

—¡Si no es un dolor físico! Es un dolor del alma. Sufro por lo que un día fue y ya no es, por lo que se fue.

—También usted se irá algún día, arrastrado por la corriente de las cosas. Y el idioma que habló nadie lo entenderá, como ya nadie entiende el latín. Por lo demás, usted no es que sea muy entendible. Usted es más bien confuso.

—Yo soy la prístina claridad, no sabe lo que dice.

—Usted es un espejismo de aguardiente. Y no tome más, que ya ni se puede parar. ¡A ver! Haga el cuatro.

—El cuatro lo hago montado sobre la cuerda floja cruzándome las cataratas del Niágara. Mire. ¿Sí ve? Cuatro. Las palabras no sirven. Son torpes, limitadas, cambiantes. Pompas de jabón que vuelan dando visos y se revientan. *¿Mortuus sum? ¿O moriturus sum?*

—Es lo que está por verse. ¡A ver! Deje el zascandileo, siéntese otra vez y, puesto que en esto estamos, zampémonos otro aguardiente.

—¿Y en qué me puedo ocupar, si tras la muerte de mi amada Kim quedé vacío?

—Uno es lo que se inventa. ¿Por qué no le organiza un homenaje póstumo a Herodes?

—Porque dejó escapar a Cristo. Se le fue ese culicagado de las manos en la matanza de los inocentes, para mal del mundo. Que si no... ¡Le levantaría un Lourdes al santo rey! Acolitado por una cohorte de curas, monjas, monjes, coadjutores, monseñores, canónigos, obispos, arzobispos, cardenales, papas, Cristoloco el rabioso reina sobre este mundo, preside el desastre, hace el mal.

—¿Dónde lo bautizaron, maestro? ¿En qué pila de qué patio de qué burdel llena de azufre?

En el bautisterio de la iglesia del Sufragio, barrio de Boston, ciudad de Medellín, país Colombia, el 24 de octubre de un año que no diré porque sobra pues figura en mi sumario, en una pila bautismal llena de mentirosa agua bendita mi abuelo materno Leonidas Rendón Gómez, habilitado para la ocasión como mi padrino, abusando de mi estado de total indefensión pues acababa de nacer hacía unas horas renunció en mi nombre «a Satanás, a sus pompas y a sus obras». Renunciaste, abuelo, sin mi permiso, a lo que no era tuyo. Revoco en este instante tu renuncia, queda anulada. Y un detallito de folclor para las almas cándidas: me puso mi papá en la boca una gotica de aguardiente. Entonces me reí, y ésa fue mi primera risa. Y hoy, después de lo mucho que ha llovido y arrastrado agua el río, me sigo riendo de esta sociedad astrosa. En los primeros veinte años tuve un muerto. En los diez siguientes tuve dos. Luego la trituradora de mi Señora empezó a acelerar y hoy no hay semana en que no anote uno al menos en mi libreta. El perro quiere seguir siendo perro, la mesa mesa y la piedra piedra. Yo no. Quiero descansar de mí mismo en unas vacacioncitas eternas.

—Deje esa drasticidad de ayatola. Siga así y un día de éstos, sin decir agua va, se nos tira del Palacio Nacional.

—Es mi cualidad de translúcido la que me salva, mi transminiluminicidecencia... ¡Que si no! Ya habría subido a la azotea de su palacio.

—Tenga pues entonces, mientras tanto, otro muerto para que se entretenga: Héctor Gómez, el actor. Saque la libreta.

—¿Héctor Gómez? ¿Mi amigo? ¿El actor? ¿Cómo, cuándo, dónde?

—Ayer. En México. De cáncer.

—¿Y cómo supo?

—Usted leerá los pensamientos, pero yo tengo mi red de informantes.

—¿Y sufrió?

—Mucho.

—¡Qué pena! Yo no le envidio la agonía a nadie, pero sí la muerte. ¿Y sabe por qué? Por lo que dura la muerte.

—¿Cuánto?

—Lo que tarda el presente en dejar de serlo: una millonésima de una billonésima de una trillonésima de una cuadrillonésima de una quintillonésima de segundo, medido éste con reloj de cesio o con lo que sea. Eso es lo que dura nuestra tan ansiada transfiguración.

—No más ceros, por favor, maestro, que ahora soy yo el que no puede hacer el cuatro. Me emborrachó.

—Déjese llevar por la caída. Caiga, caiga, caiga en el pozo sin fondo a la buena de Dios. Y ame, ame, ame que el odio pudre el corazón del hombre. Pero eso sí, no ame demagógicamente a todos porque el que ama a muchos no ama a nadie. Ame como yo, que sólo amo a uno solo: a usted, compadre. Y tomémonos el último aguardiente que ya amanece y el garrafón se acabó. Por mí, por usted, por su madre, por la mía a la que tanto quise. ¡Pero verla muerta!

Ahora bien, si para evitar el vértigo de los ceros el tránsito de la vida a la Muerte lo medimos con un reloj de arena, que ésta sea finita: un granito de arena menudita pasando por un agujero es lo que va del vivo al muerto.

—Llegados como llegamos por fin al tope de la lucidez, de la borrachera, dígame, maestro, con un solo calificativo que la abarque, ¿qué es Colombia? ¿Vital? ¿Asombrosa? ¿Espléndida? ¿Delirante? ¿Criminal? ¿Única? ¿Loca?

—Nada de eso: miserable.

—¿Ve? Son esas opiniones drásticas suyas las que no me gustan de sus libros. El resto está más bien bien.

—Compadre, el que va a mi casa come de lo que hay. Si no le gusta, afuera hay restaurantes de sobra para escoger.

Yo no le temo a la Muerte, me aterra la vejez. Convertirme en el más viejo de esta ciudad y que me hagan homenajes por mis cien años y andar espantando a los periodistas como a una nube de moscas.

—Maestro, ¿cómo era Medellín en su infancia?

—Como hoy: asesina, ventajosa, rencorosa, indolente, ignara, roma, zafia. Y si salta desde el último piso del Palacio Nacional, señor periodista, abajo lo espera Carabobo, calle peatonal por la que transita en todo su esplendor la raza. Va a caer pues, como quien dice, sobre la mierda.

—¿Salva algo de su ciudad?

—Los loros. Su aleteo verde que me abanica el alma.

¡Porque cuándo van a encontrar loros en Nueva York o en París! Hace cincuenta años, cuando me fui, no quedaba uno. Hace unos meses, cuando volví, me dio la bienvenida una bandada gritándome lo que gritaban en mi infancia: «¡Viva el gran partido liberal, abajo godos hijueputas!» Podemos afirmar entonces, sin temor a equivocarnos (y habla un godo), que si hoy en Medellín hijueputean loros es porque la especie de los loros recomenzó en esta ciudad *ex novo*. Hermanos loros: bendigamos a nuestro padre Spencer, Señor de la Materia.

—Ahí los tiene, volando sobre usted y el parque.

—¿Quiere que le diga una cosa, compadre? No me cambio por nadie. Soy feliz. Mire qué hermoso cae el sol sobre la estatua.

—¡Claro! Sobre el Libertador. El que nos liberó de España.

—Tampoco lambisconee, como decimos en México. Dejemos la cosa así.

—Pues si la Muerte no se ocupa de usted, no es porque no quiera: es porque está copada: la rebasó la paridera.

Pues cuando le vean la cara a Salazar, sociólogo de la Muerte o tanatólogo, sucesor del gran Fajardo, exíjanle que de noche no prenda el alumbrado público para evitar más crímenes. Sin luz, ¿cómo puede el asesino localizar a su víctima? El primer cómplice del delito en Medellín es el alumbrado público alcahueteado por el alcalde.

—Mire lo que viene, abra los ojos y asómbrese: el policía bachiller Caballero, lo más bello que ha parido la raza. Obsérvelo por delante y por detrás, de arriba abajo. ¿Ha visto algo más hermoso? Se necesita producir, desperdiciar, no digo cien mil para lograr uno así: millones. Y fíjese en el comportamiento: la altivez, la arrogancia, el don de mando. Cómo impone en me-

dio de esta tracamanada de hampones con su solo garrote la Ley. Es reaccionario como usted, maestro, defensor
del orden. ¿Lo quiere? Se lo traigo. Se van a entender
muy bien porque son de la misma madera ayatólica.
Voy ahora mismo al CAI a donde el comandante a que
le dé licencia y se lo lleva con todo y uniforme y garrote por un rato.

—No tengo dónde. No me lo dejan entrar con uniforme a un hotel.

—Se lo lleva a donde don Alvarito, que él lo quiere mucho, a su apartamento.

—Ya mataron a Alvarito.

—Aún no. Vive. No anticipe. No trastrueque la
cronología del relato.

—No.

—Nunca le he regalado nada, maestro. ¿Pero qué
se le puede regalar a usted? ¿Un abono para los conciertos? No va a conciertos. ¿Un reproductor de DVD?
Ya no ve cine. ¿Una estatuilla para su apartamento?
¡Cuánto hace que lo quemó! ¿Una invitación a comer? Ya no come. Le doy entonces lo más hermoso de
Medellín, corazón de Antioquia: a Caballero.

—No me gusta el apellido.

—No hay apellido en todo el directorio de Colombia que le quede bien a semejante belleza. Lláme-
lo Mercurio, si prefiere, el dios de la guerra. Diga sí
y tiene en un instante la felicidad en la mano.

—Mi tiempo ya pasó. Si hubiera sido ayer...

—Maestro, preste atención y créame. Dentro de
unos minutos ese muchacho va a tener un incidente
aquí, en este parque, con unos expendedores de basuco que antes de que se ponga el sol regresarán a ma-

tarlo. No escupa a la felicidad, tuerza al destino, evite el incidente, sáquelo del parque y del curso del desastre, yo sé lo que le digo, váyase con él.

—Ya se pasó la hora de la felicidad y los regalos. El suyo me llegó a destiempo. No lo quiero. Y si matan al pobre policía bachiller, no es mi culpa, lo anoto en la libreta: Caballero: en la ce.

—Asunto cerrado pues. ¿Pero sabe la última de Cristina Kirchner en su tira y afloje con los agricultores argentinos?

—¿Cristina Kirchner? ¿Ese engendro de vulgaridad y oportunismo salido de las trompas de Falopio de la Gorgona y que vomitó sobre Buenos Aires, entre excrementos, cerca a Puerto Madero, en mala hora y día nublado el Río de la Plata?

—El mismo.

—No oigo noticias, compadre, para no envenenarme, ¡y me las viene a dar usted! ¡Alvarito! ¿No dizque lo habían tirado pues por un balcón?

—¿A mí? ¿Por un balcón? ¿A Álvaro Jaramillo Echeverri Restrepo? Habrá sido a un homónimo. Como ya hay tanta gente...

—No se sienta tan protegido, don Álvaro, por los homónimos, que aquí también a los originales los matan, ¿o no, inspector?

—Por supuesto. ¡Cuánto original no he visto yo rajado en la morgue!

—¿Y cómo es la historia de su hermano Aníbal, maestro? Cuéntenosla, a ver.

—Fue una vida noble en medio de la infamia. Y punto. Ya murió y ya lo puse en la libreta, con Norita, su mujer, que fue tan buena como él.

Lo único que sí les digo —compadre, Alvarito, inspector, amigos todos que me escucháis en este parque perorando a viva voz y sin megáfono— es que no quiero llegar a la próxima Feria de las Flores. La cabalgata de la chusmamierda me asquea. El hombre no tiene derecho a montarse en un caballo. ¿Quién se lo dio? ¿Por qué ha de cargar este noble animal con un bípedo puerco? ¡Cuánto no hizo mi hermano Aníbal por los caballos!

Pero si hay algo más monstruoso que un jinete culiabierto horqueteado en un caballo es la mujer en el ballet: las doblan, las desdoblan, las ponen a girar como trompos, les dan vuelo como a peleles, las avientan, las descoñetan. La mujer afea al ballet y el ballet degrada a la mujer. La mujer en el ballet es la mosca en la sopa. Propongo un ballet sin mujeres, sólo con hombres. Por respeto a la dignidad de la mujer hay que sacarla de ese circo.

—¿Y del sexo?

—Del sexo no, pero sí de la reproducción, que es otra cosa. El espectáculo más repugnante de la creación desde el *Fiat lux* es la mujer preñada. Máxime si lo que tiene adentro es otra. ¡Dos matroshkas! ¡Qué mundo el que nos tocó al final, Alvarito, inspector, compadre! Quién iba a decir que la generación espontánea fuera a producir, a partir de un simple hervidero de gusanos de mosca, a una Íngrid Betancourt o a una Cristina Kirchner... ¡Nos hubieran matado antes!

—¿Y Sarkozy? ¿Qué nos dice, maestro, del payaso eléctrico? Va, viene, sube, baja, caga, manotea, gesticula, como niño protagónico que a todas horas se tiene que hacer ver.

—Un niño hiperquinético con ladillas en el culo.

—Yo digo que parece un muñeco de ventrílocuo.

—No, inspector, es uno solo, el muñeco habla por él. Él mismo se da cuerda.

—¡Y cabalgando ese Leguizamo minúsculo en semejante yegua de mujer que se compró con el tesoro de Francia!

—Francia ha caído muy bajo desde el locutor De Gaulle. La medida de esa nación otrora grande y hoy en desgracia son las azafatas de Air France. Prefiero mil veces a Colombia con todo y lo asesina que es. Por lo menos picha como desaforada esta loca.

—¡Vaya, por fin, maestro, aleluya! Ya sabía yo que iba a terminar hablando bien de su patria...

—Por lo pronto voy a quitar a Alvarito y al inspector de la lista, con dolor en el alma. Si me desgarra el corazón poner a un nuevo muerto, ¡qué sentiré al quitarlo! Es como si me arrancaran un pedazo de mí mismo. Yo soy mis muertos.

—Nada de tristezas, maestro, que dos muertos al ritmo a que va la trituradora los recupera en dos días. ¿Y por qué no levanta también el inventario de sus amores? ¿Una «Libreta de muchachos»?

—Por dos razones. Una, porque si un muchacho que tuve ya murió, figurará en las dos libretas, y eso sería duplicación de funciones. Y dos, porque a casi todos los olvidé. Recuerdo a unos pocos, de mis comienzos, como Alvarito.

—¡Cómo! ¿Alvarito? ¿Ese viejito? ¿Fue su amor?

—Era un mozalbete grácil, burlón, esbelto, que fumaba con la mano quebrada como mujer. Mire. Así. ¿Ve? Como una esculturita Art Deco.

—Y si fue su amor en su lejana juventud, ¿por qué entonces lo trata él ahora de «maestro»?

—Por joder. Como usted. Y dijo bien «Libreta de muchachos», como «Libreta de muertos». El español suprime los artículos en los títulos. No debe ser «*El* amor en *los* tiempos *del* cólera». Debe ser: «Amor en tiempos de cólera». Sobran «el», «los» y el artículo «el» de la contracción «del».

—¡Claro! Y así con menos palabras más cólera. ¡Qué hombre estúpido el de semejante título! Un güevón inflado.

En mi infancia, cuando los pocos carros que había en Medellín circulaban por calles y carreteras semidesiertas, nos tomaba varias horas ir en el Fordcito de papi, resoplando, a Envigado, que está a seis kilómetros. Hoy que los carros pueden ir a doscientos kilómetros por hora, en vez de los dos escasos minutos que debería tomar el viaje se gasta uno las mismas varias horas de antes por los embotellamientos. Conclusión: la humanidad sí avanza pero retrocediendo.

—¿Qué saben de la finca Otraparte del maestro González, llegando a Envigado? ¿Todavía está? ¿O la rezamos en el oficio de difuntos?

—¡Cómo! ¿Usted conoció al maestro González, su tocayo?

—No, pero fui a su entierro. Mil veces pasé frente a su finca aunque jamás lo vi. Tenía fama de demonio pero era un santo. ¡Ay del que le digan en Colombia «maestro»! Más le valiera atarse una piedra de molino al cuello y tirarse al mar.

Al mar sí, pero con un infante encantado. ¡Ah quién vivir pudiera eternamente en una isla desierta

135

con un principito de cuentos de hadas y detener el reloj! Que no bien entre el principito a la pubertad ahí se pare. ¡Y a medirlo entonces de arriba abajo con una cinta métrica para la mayor gloria de Dios!

Vinimos a lo que vinimos, nos vamos cuando nos vamos, el cuento se está acabando y la vela se está apagando. A mis correligionarios de la nueva moral que en este punto empieza les quedan vedados: la presidencia, los ministerios, las gubernaturas, las alcaldías, las senaturías, las diputaciones, las concejalías, la fiscalía, la procuraduría y las judicaturas de los juzgados, los tribunales y la Corte, más los oficios de ganadero, matarife y carnicero, porque los unos son la venalidad chanchullera y los otros ocupaciones de criminales. Hasta hoy no ha habido civilización, sólo barbarie. Vamos a empezar pues de cero.

—¿Y entonces qué comemos, maestro?

—Yerbas, como suena. Además el hombre no tiene por qué comer. Si sí, ¿dónde está su grandeza?

—Maestro, no sólo de sexo vive el hombre, ni de espejismos y figuraciones. Aterrice. ¿O es que ya empezó a levitar?

—Las pelotas son la brújula que me guía en tierra. No levito. Pienso.

—¿Y las religiones? ¿Que se acaben pues las religiones?

—Si queremos que haya moral no puede haber religiones.

—¿Y el gobierno?

—Que chingue a su madre el gobierno.

En medio de esta caterva de novelistas damnificados y serviles, maestros en el arte de adular al lector y mendigarle su benevolencia en tanto ansían premios literarios, reconocimientos y honores, les diré, con sus puntos sobre las íes y tildes en las palabras que las llevan, que si hay un espectáculo más degradante sobre la faz de la tierra que la mujer paridora es la mujer carnívora. ¿Ven por qué ya no voy a los restaurantes? Estas devoradoras de animales me quitan las ganas de comer. Me imagino unos tigres hembras banqueteándose una gacela.

¡Pobre ser casquivano y descocado el de la mujer, con tan escasas conexiones en el disco duro, y en la boca con tantos dientes! Es tarea de mis catecúmenos liberarlas de la abyección de los puestos públicos y la consiguiente gesticuladera por televisión; de la equitación y las mamarrachadas del ballet; y de seguir produciendo hijos como vacas y comiéndose a las vacas. Una vaca comiendo vaca es como Fox a caballo.

Treinta años han pasado de una escena que presencié en Santa Marta en un restaurante abierto a la calle y que aún no se me borra porque se me quedó grabada en la cabeza como con cincel: unas monjas comiendo carne. Mientras un radio tronaba cumbias desde una pared, las monjas, armadas de tenedor y cuchillo, trinchaban unos filetes sanguinolentos. ¡Y a engullir! La sangre del animal se les escurría por las fauces a esas esbirras de Cristo. Si Dios me da vida y una cámara, voy a reconstruir la escena para filmarla y meterla en Internet: «Amor cristiano» se va a llamar el cortico.

—Maestro, el arte no es para sostener tesis: es para producir emociones.

—Entonces le voy a poner en la banda sonora al cortico *in crescendo,* mientras le voy rebajando a la cumbia, los aullidos de dolor de unas vacas acuchilladas en un matadero.

Resumiendo: educación sexual a los niños con prácticas intensivas a cargo de adultos mayores. Y regeneración moral de la mujer. Tarea como para cien años que les dejo a las próximas generaciones de herencia. De «legado», como dirían hoy los cultos. ¡Ay, el legado del maestro!

—Lo que usted propone es una religión pederasta, misógina y vegetariana, ¿no es así?

—Usted es más simplista y vulgar que colombiano opinando por Internet. No sé qué está haciendo en mi banca.

—No se enoje, maestro, que es que estoy tratando de entender.

—Y las palabras «pederasta», «misógino» y «vegetariano» no me gustan. Son cultismos, o idioteces.

—Discúlpeme entonces. Nunca volverán a salir de mis labios.

—Recemos a ver.

—¿Qué quiere rezar, maestro?

—Los gobernadores de Antioquia.

—¡Huy, carajo, puta vida, son más de cuatrocientos, no acabamos nunca! Como presidentes en Bolivia. Cada dos o tres meses un hijueputa. ¡Claro! Como el pan tiene que ser partido... Hoy mamás vos, mañana yo.

—Pedro Justo Berrío.

—*Ora pro nobis.*

—Pascual Bravo Echeverri.

—*Ora pro nobis.*

—Recaredo de Villa.

—*Ora pro nobis.*

—Pepe Metralla.

—*Ora pro nobis.*

—Álvaro Uribe.

—*Requiescat in pace.* Mañana continuamos, ¿sí, maestro?

—Bueno, mañana. Si es que hay mañana.

—¡Mire, mire! El policía bachiller Caballero dándoles garrote a los basuqueros como le dije. ¿Sí ve? Ya no hay nada que hacer. Se jodió la cosa.

—En Medellín, capital del odio, el odio palpita en nuestros corazones. En tanto llega el virus Ébola y arrasa con esto, recemos, compadre, con devoción. Corazón de la violencia:

—*Ora pro nobis.*

—La máxima patraña de la humanidad es la de uno que ni existió: el engendro mitológico de Cristo. ¡A ver! ¿Cuándo defendió ese hippie grecoparlante a una vaca?

—Es que en Israel no había vacas.

—Usted siempre con la respuesta de la criada mexicana en la boca. ¿Por lo menos sabe hacer mole verde?

—¡Claro, maestro! Se compra en la esquina y se pone a calentar.

—Muy listo el hombre. Va que se las boga pa' presidente.

—No porque mi moral, que es la que usted predica, no me deja. Ni ser gobernador, ni procurador, ni fiscal, ni juez, ni concejal, ni alcalde. Usted primero me quita la carne, ¡y acto seguido la lechita de la teta pública! ¡Qué quiere! ¿Que acabe en un esqueleto como usted?

—Otra vez la opresión en el pecho...

—¿Otro infarto?

—¡Cuál infarto! Es esta extrañeza de mí mismo que me produce tanto muerto. Setecientos cincuenta y siete muertos y medio no dejan vivir.

—¿Y cuál es el medio?

—Yo.

Se acabó la semana, se acabó el mes, se acabó el año, se acabó la vida y ni supe qué fue. El niño no sabe qué hacer con sus horas de vigilia de lo aburrido que vive despierto. El joven va y viene desesperado viendo a ver con quién picha. Y eso es lo mejor del paseo, después empieza el desastre... ¡Cómo joden los niños y qué carga tan engorrosa para la sociedad son los viejos! Además de un rey Herodes de niños hace falta un rey Herodes de viejos.

—¡Qué ayatoladas, maestro, por Dios, las que dice! Váyase a Irán.

—Sí, pero a rezar prosternado con el culo al aire vuelto hacia La Meca.

—No porque entonces nos lo matan y a usted le queda mucho que dar. ¿Qué está escribiendo ahora?

—Un libro pornográfico que es un catálogo de injurias.

—Suena bien. Tan pronto salga lo vamos a comprar para que nos lo firme.

—Firma no va a haber porque va a ser un libro póstumo.

—No, maestro, por favor, no se nos vaya a ir tan pronto que hay mucho hijueputa por insultar e impostor por desenmascarar y usted apenas está empezando.

—La Muerte no da tregua.

—¡Cuál Muerte, si aún está vivo, eche a volar las ilusiones! Acabe el libro de carrera y se construye una casa de carrera con un patio embaldosado de carrera y un naranjo sembrado de carrera en mitad del patio pero en terreno plano, ¿eh? No en La Cola del Zorro, que se le rueda la montaña con todo y casa y patio y naranjo.

—El tiempo de sembrar naranjos y realizar ilusiones ya pasó. No alcanzo.

—Las ilusiones no son para realizarlas porque si uno las realiza se acaban. Son para tenerlas. Siembre el naranjo en su corazón y verá que la ilusión florece.

—De los setecientos y tantos muertos que llevo, algunos los encuentra usted en Internet: el resto se perdió en la nada. Le voy a dejar de herencia la libreta para que la subaste en Sotheby's. ¡Pero ojo al contrato, que son unos ladrones!

—¡Si no la pienso subastar! La voy a conservar como un tesoro para continuarla en su nombre.

—Si la continúa, abra la continuación bajo el título «Segunda tanda».

—«La segunda de las tandas», que diría el güevón. ¡Usted es un verraco para titular! Así se hará, sin perendengues. «Segunda tanda.»

—Y la empieza conmigo.

—La empezaría entonces con gran dolor, que es como la ha ido adelantando usted. «Porque la vida es la escuela del dolor», como dice el bolero.

—Pues si es así, con la muerte de Kimcita me acabo de graduar *summa cum laude.*

—No piense más en esa perra, no se destroce, no llore.

—Ya le dije que no lloro, es el smog.

Es el alcalde Salazar que sucedió al alcalde Fajardo, par de bribones metrocablizados. ¡Qué han hecho, a ver! Un Metrocable para subir a la montaña para después tener que bajar. Si el hombre sube para bajar, ¿qué sentido tiene esto? Hubieran dejado a esta raza estúpida hacinada abajo. ¡Ahora los van a hacinar arriba! Polvo de excremento flota sobre Medellín nublando el panorama y no me deja ver. Que me diga el tanatólogo Salazar para dónde vamos.

—¿En qué punto va el sol en su recorrido de la bóveda? ¿Ya pasó el cenit?

—Hace rato. Ahora empieza a bajar.

—¡Otro que sube y baja!

—Sí, pero con variación: por el otro lado.

—Me gustaría un planeta Tierra sin sol, fresquecito, como Marte, pero sin tormentas de arena.

—No se puede tener todo, eso es angurria.

—Pues si no es todo, y a la vez, que sea nada.

—¡Cuántas veces no habrá tocado el amor a su puerta y usted no le abrió por esas desmesuras suyas!

—¿Sabe que no? El amor es una quimera de un solo sentido como la flecha, que sólo tiene una punta, no dos. ¿Cuándo ha visto usted una flecha que vaya y venga? El amor es para darlo, no para pedirlo. No pida amor. Delo, si tiene. Y si no, pues no.

—¿Me está mamando gallo? ¿O está hablando en serio?

—Le estoy dando en un frasquito la quintaesencia de la quintaesencia de la conclusión de mis conclusiones. Destápelo y huela. ¿Sí olió? Puro nitrito de amilo, el alma del popper. Pero no se me vaya a enviciar que

142

la verdad concentrada empalaga. ¿Dónde están los loros, que no los oigo?

—Se acaban de ir. Al Jardín Botánico a ver caer el sol de las seis sobre unos palos de aguacate.

—Cuando yo nací Medellín era un jardín botánico regado por un río de plata. Hoy el río es un sumidero de alcantarillas y el jardín botánico un terrenito de unas cuantas cuadras conservado para recordarnos que la felicidad pasó por aquí y se fue. Llame a los loros que quiero oírlos, que quiero verlos.

—Hoy no vuelven. Se quedan en el Jardín a dormir.

—Pues se me llevaron la última esperanza.

—¡Nada de que se la llevaron! La esperanza no está afuera, está adentro de usted. Llame a los loros desde adentro: que vuelvan sobre el río de plata. Y métase en él.

—¿Meterme yo al río Medellín? ¿Está loco? ¡Si era una fiera! Los ríos de Colombia son cosa respetable. No como los de México, que son riachuelos. México sabrá de moles, ¡pero de ríos! Ríos los de esta tierra rabiosa, salida de madre, escapada de la mano de Dios.

—Ni tanto, ¿sabe, maestro? Por la tala de árboles los ríos de Colombia se secaron. ¿No quiere abrir una «Libreta de ríos», para que ponga al Magdalena y al Cauca? O súmeselos a la lista de sus muertos. El otro día en una sequía me crucé el Cauca de una orilla a la otra de un saltico. ¿Ríos de la patria? Miaditos...

—Si el Cauca se muere, ya no quiero vivir. Yo soy los ríos de Colombia.

—La esperanza de vida del Cauca es de dos semanas. Aguante un poquito y lo entierra y lo pone en la lista. ¿Y sabe cómo puede titular su libro? «El maestro ciego que enterró al Cauca». Y ahí sí le cabe el artículo, ¿o no? Porque «Maestro ciego enterrando Cauca» como que no. Vamos a rezar los ríos de Colombia, maestro, de carrerita. Río Magdalena.

—*Requiescat in pace.*

—Río Cauca.

—*Requiescat in pace.*

—Río Medellín.

—*Requiescat in pace.*

—Río La Vieja.

—*Requiescat in pace.* Oiga, compadre, ¿de dónde sacó ese río tan raro que nunca lo he oído mentar?

—Pues ya no lo va a oír mentar porque se murió. Menos la Muerte, que vive y queda, todo se muere y pasa. Pero al final de cuentas la Muerte no es tan mala, es una buena mujer. Consuela al triste, reivindica al pobre, cura al masturbador, duerme al insomne, pone a descansar al cansado... Practica obras de misericordia «inéditas», como dirían hoy los exquisitos. Usted no, ¿eh? Porque usted, maestro, cuida el idioma. Yo a usted le reprocharía su vegetarianismo pederástico, ¿pero su amor a esta lengua hermosa? Ahí sí no. La lengua es el máximo instrumento del hombre. ¡Sirve para tantas cosas! La lengua se expande, viva, en las moléculas del aire; o fluye yendo y viniendo siguiendo un lápiz sobre el papel. Parte de la izquierda, llega a la derecha, vuelve a la izquierda, vuelve a la derecha... Lo que sí no hace es subir y bajar como estúpida en el Metrocable del alcalde Fajardo.

—Compadre: me gusta lo que dice. ¿Por qué no se pone a escribir?

—Noooo. Escríbame mi libro usted: «Vida y hazañas de mi compadre». ¡Si le contara! Lo que he visto, vivido y hecho... Cuando mataron a Gaitán y quemaron a Bogotá, yo estaba ahí. Cuando mataron a Kennedy, yo estaba ahí. Cuando se murió Pío Doce, yo estaba ahí. Cuando hipotensionaron a Juan Pablo Primero, yo estaba ahí. Cuando cagó fuego Juan Pablo Segundo, yo estaba ahí. Cuando se les vino encima a los ricos el alud de La Cola del Zorro, yo estaba ahí. ¡Pobres los ricos, pobres los pobres, y pobres los animales, como diría usted! Le prometo que nunca más voy a volver a comer carne humana. Perdón, de animales. Pero hábleme de su tío Ovidio, que me interesa. ¿Cómo es que murió?

—Ya le conté. Mudo después de hablar toda una vida. Con cáncer de las cuerdas vocales.

—¿Ve? Otra obra de misericordia de la Muerte. Calla al que habla.

—A ver si nos calla entonces a Hugo Chávez, la chachalaca venezolana.

—¿«Chachalaca» qué es?

—Es una especie de gallina parda de cola larga y muy vocinglera. Un ave mexicana que habla mierda.

—¡Ah, ya sé! Un ave que cuando habla caga. ¿Y hay muchas en México?

—Quitando al PRI es más bien especie en extinción. La última de que supe fue una de apellido Fox, que en inglés quiere decir «zorro». Pero no, no era un zorro, era un ave gallinácea.

—¡Qué ganas tengo de conocer a México! ¿Me lo recomienda?

—¡Claro, era hermoso, pero está muy cambiado!

—Todo se jode, todo se daña. ¿Y las criadas mexicanas de que usted tanto habla? ¿Otra especie en extinción?

—No. Hay de sobra. Ahora están en la cámara de diputados, en el sindicato de maestros y hablando por televisión.

—¿Y entonces quién le hace a uno el mole verde?

—Usted: lo compra en la esquina y se lo calienta.

—¡Otro que se las boga para la presidencia!

—Yo no tengo problema de comprensión respecto al alma humana: es una turbiedad pantanosa. Lo que no logro entender es el espejo.

—El espejo no es para entenderse. Es para uno verse. Véase en él.

—Me veo y no me encuentro: veo un viejo.

—Eso es otra cosa. Que hay espejos defectuosos, sí. Yo por eso nunca uso el retrovisor: oigo atrás los frenazos.

—No me lo imagino a usted manejando, compadre.

—Soy muy bueno al volante. Arranco y haciendo caso omiso del que se atraviese me voy. El carro fluye según va la carretera, aunque a veces la carretera traiciona. ¡Shhhh! ¡Shhhh! Silencio, maestro, no hable que voy a levitar. Veinticinco centímetros, cincuenta centímetros, ¡un metro! ¡Heme aquí a un metro por encima de la áurea mediocridad! Y ahora bajo. De nuevo en tierra. ¿Sí vio?

—No vi.

—Es que fue una levitación interior. ¡Con razón usted nunca la logra! En fin, ahí va aprendiendo. Qué religión de hipócritas la de los musulmanes, ¿eh? Ca-

146

gan una o dos veces al día y el resto rezan. Si algún instante le roban al rezo distinto del inodoro, es para comerse a los animales o poner bombas. ¿Qué hacemos con esa plaga? ¡Pobre Israel! Y aquí nosotros lidiando con los venezolanos, nuestro dolor de cabeza... ¿No le parece, maestro, que deberíamos invitar a Israel a que nos les eche una bomba atómica? ¿En nombre de Jehová el sanguinario? ¡De cuántos saldríamos, a ver! ¿De dos millones? ¿De tres millones?

—Me siento incapaz de matar venezolanos. Con la chachalaca mayor me basta.

—Yo no. El que las hace las paga y el que omite peca. En medio de esta contaminación generalizada lo entiendo muy bien a usted en su dolor por su Kimcita, un ser puro. Pero no sufra. Sáquese de la cabeza el sufrimiento de los animales.

—¡Si pudiera!

—Olvide a los que ha querido y se le murieron, no se deje arrastrar por los muertos.

—¡Si pudiera!

—Expulse el odio de su corazón y dele su amor a esta patria.

—¡Cómo no la voy a querer, si me he acostado durante años con ella!

—El amor no es material, prosaico. Es espiritual, etéreo.

—¡Miren a éste! ¡Etéreo! No hay espíritu, todo es materia. Y ni eso. La materia es hueca, porosa. Me paro en una plancha de hierro y la cruzo. Paso al otro lado y me sigo, cayendo, cayendo, cayendo.

El vacío que me dejó Kimcita ha venido a sumársele al mucho que tenía adentro. ¿Pero es posible sumarle vacío al vacío? ¿Vacío más vacío igual vacío? Qué engañoso es el signo igual, las dos rayitas horizontales que inventó Recorde en el siglo XVI, cuando después de milenios de mentir con palabras el hombre se dio a mentir con ecuaciones. A ver. Dos naranjas más tres naranjas igual a cinco naranjas. Aquí hay una suma. Pero en fuerza igual a masa por aceleración lo que hay es la definición de un concepto arbitrario disfrazada de multiplicación. Así que el signo de las dos rayitas es ambiguo, mentiroso, pues en el primer caso significa una suma y en el segundo una definición: la de una cantidad innecesaria. Clavius, Newton, Leibniz, Euler, sepan que hay vacíos de vacíos, unos inmensos, otros pequeñitos, partida de payasos.

—Usted empeñado hasta el final en resolver la última esencia de las cosas. No sea ingenuo, no pierda el tiempo, que está muy escaso. Concéntrese más bien en conseguirse un muchachito para este atardecer, se lo lleva al Hotel del Parque y punto, se despide de esto y de los loros.

—Soy el caos sumido en el caos. Sumando el caos de afuera al caos de adentro llego a la conclusión de que no aguanto al mundo y no me aguanto yo. Guárdese sus muchachitos para usted que me hartaron.

—Para dulcificarnos un poco la tarde y que nos oiga desde el cielo vamos a cantarle entonces a Kimcita.

—No me gusta el canto *a cappella*.

—¡Si no va a ser *a cappella!* Va a ser con acompañamiento interior de piano, trompeta y saxo. Ahí le va, «Veinte años», un bolero, el más hermoso: «¡Qué te importa que te ame, si tú no me quieres ya! El amor que ya ha pasado no se debe recordar. Fui la ilusión de tu vida, un día lejano ya. Hoy represento el pasado, no me puedo conformar».

—Casi no se le oye la trompeta, quítele la sordina. ¿Dónde se metió don Álvaro?

—No está. Anda buscando un sicario decente que le despache al gorila que intentó tirarlo del quinto piso. ¿Me creerá que en el país de los sicarios no se puede encontrar uno confiable? Puros chichipatos. Hoy le hacen a usted un trabajo y después tiene que cargar con ellos de por vida como jubilados del gobierno.

¡Tin Tan! ¡Tin Tan! ¡Tin Tan! ¡Tin Tan! ¡Tin Tan!

—Las cinco. Una hora más y se acaba el día. Le queda una horita, maestro, ¿qué niño ve, qué doncel encantado? Pásele revista a la tropa. A mí me deja los adultos, las mujeres, los viejos y los feos, que si alguno hay ecuménico aquí no es usted sino yo que agarro parejo. Siga su natural instinto, no se fuerce contranatura. Pero eso sí, apúrese que el tiempo apremia. Mire para acá. Mire para allá. Mire de este lado. Mire de aquel otro. La gente se arremolina. ¿Por qué tanto revuelo? Señor, ¿qué pasó? ¿A quién mataron?

—No... A nadie... A un pobre policía bachiller que mandaron unos basuqueros de veinte puñaladas al otro toldo. Vayan a ver, cuchitos, pero rápido o les quitan la platea.

—¡Se lo dije! No quiso torcer el destino y éste siguió su curso, ya no hay remedio.

—A México lo aprendí a querer desde lejos en su música, como quien dice quintaesenciado. Tal vez sea por eso que lo haya querido más que nadie.

—¡Y a estas alturas a quién le importa México! Nada de lo que aquí ha dicho quedará, todo se lo llevará el viento. La vida es nada, polvo, viento, un espejismo de basuco. Lo único real es la Muerte.

—¡Si pudiera volver a Santa Anita!

—Esa finca la tumbaron y no se puede volver al pasado. La que en cambio sí sigue en pie es la casa de la calle del Perú del barrio de Boston donde usted nació, de paredes de tapia y techos de bahareque desde los que llovían alacranes. Pero no le queda tiempo de ir a verla. En una hora no alcanza a ir y volver.

—Un nombre en la portada, «Santa Anita», y la fecha en que la construyeron, un año que no diré porque para qué puesto que también se lo tragó el tiempo. Después de la portada venía una carreterita bordeada de carboneros y empedrada de piedritas redondeadas que llamábamos «cascajo» y que llevaba, ascendiendo por media cuadra, hasta la casa.

—Ya sé, ya sé. Una casa de paredes de tapia, de altos techos de teja y corredores aireados por los que soplaba la felicidad. De ésas había muchas en Antioquia, ¿qué le ve de raro?

—Ninguna tan feliz como Santa Anita.

—Usted qué sabe. ¿Hizo una encuesta, o qué?

—El veinticuatro de diciembre el cielo se iluminaba de globos de papel de China que competían con las estrellas, y estallaba el bombardeo de papeletas y voladores, ¿que sabe qué son?

—Petardos y cohetes de fuegos de artificio de los que echan en todos lados.

—Echan no: echaban. Todo pasa, nada queda.

—¿Se imagina un mundo quieto, que no cambiara? ¡Qué aburrición! Siempre los mismos con los mismos en lo mismo...

—El cambio es la Muerte.

—¡Y qué! Vivimos para cambiar y cambiamos para morirnos, ésa es la ley de este desastre. Bípedos fugaces, pasajeros, que mientras pasan por este moridero comiéndose a los animales y atropellándose los unos a los otros se creen la gran cosa.

—Es que el mundo está mal hecho, Dios lo hizo mal. Nos resultó un maestro de obras chambón. ¡Maldita la ocurrencia de este Viejorro loco, de esta Eminencia chambona de inventar la Muerte!

—¡Qué va! El error del Monstruo fue inventar la vida. Si vivir es una desgracia (y mientras más tiempo más), la Muerte es una bendición. Gracias entonces, Señor, por tu bondad infinita. Y gracias, María Virgen, de cuya vagina intocada y libre de gérmenes nació Jesús por obra del Espíritu Santo para bien de todos.

—¡Cuánto me habría gustado estuprar a ese muchacho! A esa furia sexual semítica que hablaba en griego de mercado.

—A mí también.

—¿A usted también?

—¡Claro! A mí también, por supuesto.

—Será por eso que en tan corto tiempo hemos llegado a ser tan grandes amigos. Los vicios unen.

—Los vicios no. El oxígeno en un mar de smog.

—¡Qué de resonancias y armónicos no le habríamos sacado entre los dos al violincito! Usted en lo alto del mástil melodiando; y yo en el registro bajo acompañando. Instrumento monótono y monódico, habríamos puesto al violín de Paganini a sonar polifónicamente, como la guitarra de Bribiesca.

—Recémosle por lo pronto una oracioncita a la Muerte y verá como esta vez sí lo detecta. Diga conmigo: «Señora Muerte que borras y callas hasta a misiá hijueputa, acuérdate de mí tú que estás en tu reino».

—Tú que estás en tu reino. Amén, así sea.

Mi perra Argia, mi perra Bruja, mi perra Kim, mi abuela Raquel, la finca Santa Anita... Idas todas, desaparecidas en la inmensa nada de lo que ya no es. Y aquí me tienen empantanándome en los recuerdos, cargando con el terrible peso de lo vivido.

—Olvide, olvide, olvide, olvide. Borre su infancia, borre su juventud, borre su vida adulta, borre la presente vejez y verá en qué queda. En la nada de la nada de la nada de la nada. Somos recuerdos necios que hay que borrar para poder entrar en el reino de las sombras. Se lo digo yo, su compadre.

—Si pudiera...

—Con mi ayuda podrá.

—¿Cuántos años tendría Cristico cuando lo encontraron sus papás en el templo discutiendo con los doctores de la Ley? ¿Doce?

—¡Cómo me saboreo! Porque a mí Cristoloco a los treinta y tres *mi dispiace*. Detesto a los viejos.

—¿No dizque agarra parejo?

—¡Qué va, es un decir! Lo digo para soltarle la lengua a usted.

—Doce inocentes añitos, ¡qué delirio!

—¡Como para guardar ese tesorito en una caja de bombones, y esperarlo hasta los quince cuando la testosterona le encienda los motores!

—Quince es mucho. Antes. En Tierra Santa el chico llega a la pubertad a los doce.

—No.

—Que sí.

—Que no.

—No vamos a discutir ahora por un culicagado, que de ésos sobran. Se lo pedimos, de doce o de quince, al Padre Eterno, que es tan bueno y nos da tanto gusto.

—¿Gusto? Hambrunas son las que nos da... Presidentes... Pestes... Maremotos...

—Padre Eterno que eres la Eterna Bondad aunque la Maldad Infinita, danos en premio por lo sufrido a tu Hijito, que no te lo vamos a desencuadernar.

—O en su defecto a Esaú, el primogénito de Abraham.

—No sea bruto, compadre, que el primogénito de Abraham era Isaac. Esaú era el hermano de Jacob, y «era pelirrojo y todo velludo como una pelliza».

—¿Qué es una «pelliza»?

—Un abrigo de pieles.

—¡Qué importa! Le teñimos el pelo y lo rasuramos.

—A mí no me den muchacho rasurado ni tetas postizas. Bueno, digo yo haciéndome el de la boca chiquita. Porque en caso de necesidad...

—En caso de necesidad hasta un muerto.

—¡Pero bien hermoso y con una erección de puta madre!

—Usted sí sabe hablar. Usted sí aprendió bien el castellano y para qué sirven las palabras. No como el bobalicón ese de la cosa esa del cólera ese.

—Deje en paz al pobre, que ya murió.

—Aún no, aunque va en camino, ya lo tiene en la mira la Pelona.

153

—¿Y qué va a ser de Colombia y del idioma? Colombia se jodió y este idioma se putió.

—No se preocupe por entelequias pasajeras que usted también está prácticamente muerto.

—Ese «prácticamente» suyo me encanta. Me recuerda a Borges, el Homero ciego de la Reina del Plata que destestaba los adverbios en «mente». Le habría sacado chispas de indignación.

—¡Viejo güevón que no pichó! Ni con vivo ni con muerto, ni con hombre ni con mujer, ni con perro ni con quimera. Dejó que el río se le fuera yendo, yendo, yendo, entre libros, libros, libros, sin verle la cara a Dios.

—A lo mejor sí. ¡Quién sabe!

—¿Y con quién?

—Con Mandie Molina Vedia.

—¿Y ella quién fue?

—Depende. En esta dimensión prosaica, una dama decente. En otra, borgiana, paralela, una ramera chupapijas.

—¿Y qué tiene usted en contra de que una mujer decente chupe pijas?

—Yo nada. Simplemente digo, observo, conjeturo.

—Yo en cambio no conjeturo, y si algo digo es porque lo sé. Así que cuando le diga cinco es que no son seis.

—¡Qué versos tan malitos en todo caso los que cincelaba el pobre! Fue un compadrito fracasado con ínfulas de poeta. Un sub Lugones.

—¡Ya quisiera! Salió peor que Lugones, que era pésimo.

—Poetas los de Colombia: Silva, Barba Jacob...

—¿Cuántos años les dedicó a ese par de muertos? ¿Diez?

—Veinte entre uno y otro.

—¡Qué ociosidad la suya! Veinte años de un vivo persiguiendo a dos muertos... Hurgando vidas ajenas por el solo gusto de saber, pues ¿a quién le interesa en Serbia, en Zambia, en Chequia Barba Jacob?

—¡Ah, sí! Pero en tanto el sabueso investigador seguía pistas y ataba cabos, de biblioteca en biblioteca, de hemeroteca en hemeroteca, por Cuba y todo Centro América, bien que seguía en la pichadera...

—No diga así, que suena feo. Diga más bien «en la cópula».

—¡Vean a éste, corrigiéndome! El perro copula, el hombre picha, no sea estúpido.

—¿Estúpido yo? Viejo marica...

—¿Y me lo dice semejante anciano homoerótico? ¿Un esperpento calvo valleinclanesco? ¿Es que no se mira en el espejo? Lástima da, si no es que vergüenza ajena... Póngase peluca y tome Viagra a ver si agarra barco e iza bandera.

—Cuidadito con lo que dice, cierre esa boca, no sea que lo despachen en la barca de Caronte ipso facto, faltando en este instante preciso veinte para las seis.

—¡Carajo, no me cuente los minutos! Parece un taxímetro en Nueva York.

—Pues a partir de este momento sepa que dejo de ser su amigo y paso a ser el que soy. «Yo soy el que soy», como dijo el Viejo. Un reloj. Tac, tac, tac, tac, tac, tac...

—¿El reloj del caballito? Lo teníamos entronizado en el comedor de Santa Anita... ¿Adónde habrá ido a dar?

—Lo tiene en la sala un anticuario amigo mío marica.

—¿Quién?

—El nombre no se lo doy pero sí la cédula: ocho millones trescientos cuarenta y uno doscientos noventa y cuatro, de Envigado, Antioquia.

—¡Es la mía!

—Perdón, me equivoqué. La de mi amigo es la siete millones trescientos cuarenta y uno doscientos noventa y cuatro.

—¿Con un solo dígito de diferencia? No puede ser...

—¡Pero qué dígito, el primero, que significa un millón de diferencia! Además la cédula de mi amigo no es de Envigado, es de Itagüí.

—¡Qué importa! Para mí lo que va estando claro es que la realidad se enloqueció.

—¡Qué va! Siempre ha sido loquita ella. La vida es una pesadilla de la materia y la materia un espejismo de la nada.

—¿Y la Muerte?

—La bendición de Dios. Lo único bondadoso y bueno que ha hecho en catorce mil millones de años que lleva supervisando el mundo ese Viejo Marica.

—Usted es un sofista.

—No. Es que la mente del hombre es confusa. Y si ésta dizque es el súmmum de la creación, ¡qué esperanza! No pierda más tiempo en borgianas inquisiciones que su tiempo se acabó. Ya vivió lo que iba a vivir, ya recordó lo que iba a recordar, ya escribió lo que recordó, nada se le queda en el tintero.

—Volver a Santa Anita.

—¿Y a qué?

—A sentir otra vez el viento que sopla por sus corredores y a abrazar a la abuela y decirle, por última vez, lo que le dije siempre, meciéndola en su mecedora: «Abuela, me voy a morir pensando en vos».

—Las cinco y cuarenta y cinco y en quince minutos anochece. El reino de las sombras se abatirá entonces sobre usted y su Colombia. Déjese de maricadas lloronas y encomiéndese a Dios.

—¿Y si se parara el reloj de la catedral?

—Es el reloj del universo, no se va a parar. ¿No ve que esta catedral es la más grande en ladrillo cocido del globo terráqueo? La más grande que hayan levantado en tabiques rojos los lacayos bípedos del Creador.

—Y sin que se pueda en adelante superar pues el tiempo de Dios y las catedrales ha pasado. No olerá ni una más ese Viejo Cacorro.

—Explíqueles a los europeos que vienen a Medellín de turistas qué es un cacorro.

—Un homosexual activo.

—Como la actividad puede ser mutua, su explicación no explica mucho. Muy confusa. Usted para maestro no sirve. O mejor dicho no sirvió, pues ya casi le suenan las campanas. ¿Qué campanada prefiere para hacer mutis: la primera, o la última?

Cuando llegué a México, el país que traía en el corazón engañado por su música no existía, y sentí un rechazo profundo por él. Cuarenta años después, cuando me fui, lo que sentí fue una nostalgia infinita por el que había conocido a mi llegada y que conmigo, en el camino, había pasado. Y así he vivido, buscando lo que no se me perdió y añorando lo que no fue mío.

—Menos mal, señor don maistro, que por lo menos usted no se dejó contagiar nunca por la gesticuladera. Por este manoteo asqueroso que le ha acometido a la humanidad como una roña. Mire por ejemplo un «panel» de televisión: todos callados con las manos quietas oyendo al que habla, y que al hacerlo gesticula. Cuando el que habla se calla y aquieta las manos, el que toma la palabra suelta a su vez al aire las suyas, y le empiezan a revolotear las malditas como veletas locas movidas por un viento del averno. ¿Se imagina la cantidad de energía eólica que podríamos sacar de esas veletas conectándolas a un dinamo? ¡Como para mandar al gordo Puerta a Marte!

—La lengua española se putió y la humanidad se jodió.

—Sólo nos queda rezarle a Nuestra Señora: «Bendita Muerte que los callas a todos y los curas del mal de la gesticuladera, llévame antes de que se nos venga encima el diluvio». Y usted contesta: «Después de mí el diluvio».

—Después de mí el diluvio.

—Y que no vuelva a nacer ni encarne en nadie.

—Después de mí el diluvio.

—Ni me encuentre en el Más Allá con mi dañina madre.

—Después de mí el diluvio.

—Ni con los que maté, que buenos muertos fueron los hijueputas.

—Después de mí el diluvio.

—Ni con Sarkozy, ni con Íngrid Betancourt, ni con Cristina Kirchner.

—Después de mí el diluvio.

—Ni con el hampón de Berlusconi.

—Después de mí el diluvio.

—Ni en esta dimensión ni en ninguna otra.

—Después de mí el diluvio.

—Y que entre con paso firme en el Reino de la Nada, donde nadie me hablará del puto papa.

—Después de mí el diluvio.

—Ni del loco Cristo.

—Después de mí el diluvio.

—Ni de su insulsa madre.

—Después de mí el diluvio.

—Y que quede curado para siempre de mi dolor inmenso por la desventura de los animales.

—Después de mí el diluvio.

—Y liberado del fardo de la memoria.

—Después de mí el diluvio.

—Y del vértigo del aquí y ahora.

—Después de mí el diluvio.

—No. Diga «amén».

—Amén.

—Muy bien, se acabó la oración. Ahora a concentrarse en el último vuelo de las palomas que ya van a echar a volar las campanas. Faltan cinco para las seis. ¿Terminó su inventario general, su confesión *in extremis,* su mea culpa?

—Ya.

—¿Y qué le dio?

—Cero. Cero más cero cero menos cero cero.

—¡Por fin! Ya tiene el alma limpia, que es de lo que se trataba. Usted es un Gandhi.

—¡A la mierda con ese fakir farsante! Yo sólo creo en la bondad del que la oculta. Y en el que se deja morir de hambre a solas.

—Entonces todavía le falta. Arrepiéntase, no se vaya así. Mire de este lado de la fuente, por el lado de la estatua. ¿Sí ve? Se están llevando al policía bachiller envuelto en una sábana. Ya no hay remedio.

—Siempre supe que para mí no había remedio.

—Tampoco... No se queje... Va a dejar por fin el planeta de los simios gesticulantes, siéntase afortunado.

—En un principio los simios bípedos desarrollaron las manos para hacer armas para matar; luego para hablar con ellas y engañar. Por lo menos con estas putas aspas de ahora con que se limpian el culo y hablan no atropellan a la Lengua Castellana.

—¡En qué pantano de lenguaje soez no ha caído por desesperación el Guardián del Idioma! Lo entiendo y lo compadezco.

—Siento como un tufillo que sopla como desde ultratumba, ¿qué será?

—¿Como un olorcito a alcantarilla?

—Ajá.

—Es que con tanta mierda de tanta gente ya nos contaminaron hasta la laguna de la Estigia. No haga caso. Humildad constante sin recuerdos ni ambiciones, y así borra de un plumazo el pasado y el futuro quedándose sólo con el fugaz presente. Falta un minuto.

Los canónigos han terminado de cantar vísperas y el sol se pone. Ya se fueron a dormir los loros y pronto se recogerán las palomas. ¡A dormir palomas, que el circo empieza! Salen los travestis con su vocinglería. Salen los atracadores. Se esfuma la policía. ¡Campo libre a la mala vida, a la hermosa Muerte, y que estalle en fuegos de artificio y en todo su esplendor Colombia!

—Otra vez el ahogo en el pecho... Pero distinto.

—¿Como con un escalofrío que le recorre el cuerpo?

—Haga de cuenta usted.

—¡Ah, caray! Con escalofriítos el viejito...

—¿Por qué me mira así?

—¿Cómo es «así»? Siempre lo he mirado igual. Lo que pasa es que usted nunca me ha visto. Ni a nadie. De tan metido que ha vivido en lo suyo se le han resbalado siempre los demás por los ojos.

—Me está entrando un arrepentimiento... De todo, de nada, de lo dicho, de lo no dicho, de lo hecho, de lo no hecho... De no haberle aceptado el policía bachiller...

—Ya no es hora de arrepentimientos. Thánatos lo está esperando... Y Cronos lo está dejando...

—¿Cómo es que se llama usted?

—Todos los nombres.

—¿Y qué es? ¿Hombre? ¿O mujer?

—En alemán soy hombre y en español mujer.

—¿Y dónde trabaja? ¡Ah sí! En el último piso del Palacio Nacional, desde donde se tiran los suicidas.

—Ahí y en todas partes. Donde algo se mueve con movimiento propio, ahí me tienen, esperando a ver. En el repique de unas campanas... En el vuelo de unas palomas... Y empiezan a dar las seis.

—Una vida entera tratando de entender y sólo ahora entiendo. ¡Por fin! Y todo simultáneamente que era lo que quería. Ya sé quién es usted. Usted es... ¿la Muerte?

—¡Claro! La Muerte.

Alfaguara es un sello editorial del Grupo Santillana

www.alfaguara.com

Argentina
www.alfaguara.com/ar
Av. Leandro N. Alem, 720
C 1001 AAP Buenos Aires
Tel. (54 11) 41 19 50 00
Fax (54 11) 41 19 50 21

Bolivia
www.alfaguara.com/bo
Avda. Arce, 2333
La Paz
Tel. (591 2) 244 11 22
Fax (591 2) 244 22 08

Chile
www.alfaguara.com/cl
Dr. Aníbal Ariztía, 1444
Providencia
Santiago de Chile
Tel. (56 2) 384 30 00
Fax (56 2) 384 30 60

Colombia
www.alfaguara.com/co
Calle 80, nº 9 - 69
Bogotá
Tel. y fax (57 1) 639 60 00

Costa Rica
www.alfaguara.com/cas
La Uruca
Del Edificio de Aviación Civil 200 metros Oeste
San José de Costa Rica
Tel. (506) 22 20 42 42 y 25 20 05 05
Fax (506) 22 20 13 20

Ecuador
www.alfaguara.com/ec
Avda. Eloy Alfaro, N 33-347 y Avda. 6 de Diciembre
Quito
Tel. (593 2) 244 66 56
Fax (593 2) 244 87 91

El Salvador
www.alfaguara.com/can
Siemens, 51
Zona Industrial Santa Elena
Antiguo Cuscatlán - La Libertad
Tel. (503) 2 505 89 y 2 289 89 20
Fax (503) 2 278 60 66

España
www.alfaguara.com/es
Torrelaguna, 60
28043 Madrid
Tel. (34 91) 744 90 60
Fax (34 91) 744 92 24

Estados Unidos
www.alfaguara.com/us
2023 N.W. 84th Avenue
Miami, FL 33122
Tel. (1 305) 591 95 22 y 591 22 32
Fax (1 305) 591 91 45

Guatemala
www.alfaguara.com/can
7ª Avda. 11-11
Zona nº 9
Guatemala CA
Tel. (502) 24 29 43 00
Fax (502) 24 29 43 03

Honduras
www.alfaguara.com/can
Colonia Tepeyac Contigua a Banco Cuscatlán
Frente Iglesia Adventista del Séptimo Día, Casa 1626
Boulevard Juan Pablo Segundo
Tegucigalpa, M. D. C.
Tel. (504) 239 98 84

México
www.alfaguara.com/mx
Avda. Universidad, 767
Colonia del Valle
03100 México D.F.
Tel. (52 5) 554 20 75 30
Fax (52 5) 556 01 10 67

Panamá
www.alfaguara.com/cas
Vía Transísmica, Urb. Industrial Orillac,
Calle segunda, local 9
Ciudad de Panamá
Tel. (507) 261 29 95

Paraguay
www.alfaguara.com/py
Avda. Venezuela, 276,
entre Mariscal López y España
Asunción
Tel./fax (595 21) 213 294 y 214 983

Perú
www.alfaguara.com/pe
Avda. Primavera 2160
Santiago de Surco
Lima 33
Tel. (51 1) 313 40 00
Fax (51 1) 313 40 01

Puerto Rico
www.alfaguara.com/mx
Avda. Roosevelt, 1506
Guaynabo 00968
Tel. (1 787) 781 98 00
Fax (1 787) 783 12 62

República Dominicana
www.alfaguara.com/do
Juan Sánchez Ramírez, 9
Gazcue
Santo Domingo R.D.
Tel. (1809) 682 13 82
Fax (1809) 689 10 22

Uruguay
www.alfaguara.com/uy
Juan Manuel Blanes 1132
11200 Montevideo
Tel. (598 2) 410 73 42
Fax (598 2) 410 86 83

Venezuela
www.alfaguara.com/ve
Avda. Rómulo Gallegos
Edificio Zulia, 1º
Boleita Norte
Caracas
Tel. (58 212) 235 30 33
Fax (58 212) 239 10 51